中华魂

ZHONGHUA HUN

百部爱国故事丛书

宁死不屈的共产党员

——革命烈士江竹筠

王 俏 编著

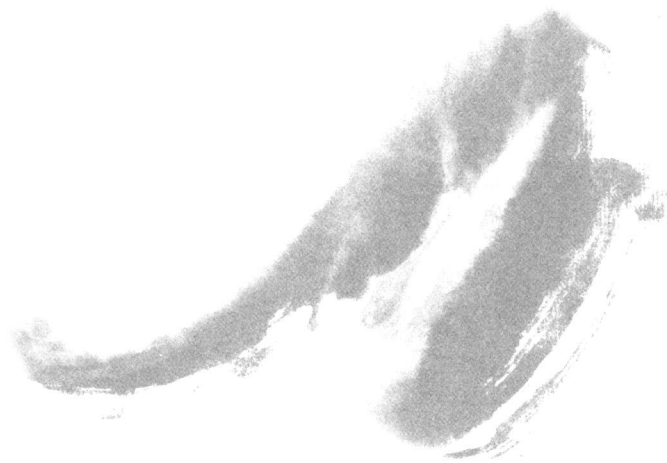

吉林人民出版社

图书在版编目（CIP）数据

宁死不屈的共产党员：革命烈士江竹筠／王俏编著．
-- 长春：吉林人民出版社，2011.3（2021.8 重印）
（中华魂·百部爱国故事丛书）
ISBN 978-7-206-07525-4

Ⅰ．①宁… Ⅱ．①王… Ⅲ．①革命故事—中国—当代
Ⅳ．① I247.8

中国版本图书馆 CIP 数据核字 (2011) 第 032587 号

宁死不屈的共产党员
——革命烈士江竹筠
NINGSI BUQU DE GONGCHAN DANGYUAN
——GEMING LIESHI JIANG ZHUYUN

编　著:王　俏
责任编辑:郭　威　　　封面设计:孙浩瀚
制　　作:吉林人民出版社图文设计印务中心
吉林人民出版社出版 发行(长春市人民大街7548号　邮政编码:130022)
印　刷:北京一鑫印务有限责任公司
开　本:787mm×1092mm　　1/16
印　张:8　　　　字　数:64千字
标准书号:ISBN 978-7-206-07525-4
版　次:2011年3月第1版　　印　次:2021年8月第2次印刷
定　价:35.00元

如发现印装质量问题,影响阅读,请与出版社联系调换。

总　序

　　《中华魂》是一套故事丛书。它汇集了我国自鸦片战争以来一百八十余年间的近百位民族英雄、仁人志士、革命领袖、先进模范人物的生动感人事迹，表现了他们作为中华儿女的伟大的爱国主义精神。

　　爱国主义是人们对于"生于斯、长于斯、衣食于斯"的祖国的一种神圣感情，是人们对于自己民族的一种强烈的责任感和使命感，是感召和激励整个中华民族的一面永不褪色的旗帜。在一百多年的中国近现代史上，爱国主义一直激励着中华儿女为祖国的独立、统一、进步和繁荣而英勇奋斗。从"苟利国家生死以，岂因祸福避趋之"的林则徐，到"我自横刀向天笑，去留肝胆两昆仑"的谭嗣同;从"铁肩担道义,妙手著文章"的李大钊,到"青春换得江山壮,碧血染将天地红"的赵一曼;从"县委书记的好榜样"的焦裕禄,到"问鼎长天,扬我国威"的邓稼先……都表现出了强烈的爱国主义精神。正是由于热爱祖国的人们前仆后继地奋斗,国家和民族才得以生存,才能够在一次次历史危急关头转危为安,走向兴盛和富强,从而屹立于世界民族之林。爱国主义是鼓舞中华儿女历经忧患、跨越沧桑、百折不挠、自强不息的伟大力量,它贯穿于中华民族的整个历史,并有力地凝聚着五洲四海的中国人。

爱国主义是一个历史的范畴,在社会发展的不同阶段、不同时期有不同的具体内容。革命时期,需要我们为祖国的独立自主出生入死;建设时期,需要我们为祖国的繁荣富强增砖添瓦。在全国各族人民团结一心,开启全面建设社会主义现代化国家新征程的今天,我们要争做一名新时期的爱国者。新时期的爱国者要有强烈的民族自尊心、自豪感。民族自尊心、自豪感是任何时期、任何爱国者都必须具备的情感。民族自尊心能增强我们自立向上的恒心,民族自豪感能树立我们建设祖国的信心。要树立"祖国高于一切"的崇高信念,为了祖国和人民的利益不惜抛却个人的利益,甚至不惜牺牲个人的生命。我们要树立终身学习的理念,拓宽自己的知识面,广泛吸收新知识、新技术,完善自身的知识结构,更新学习知识的方法与理念,从思想上、知识上充分武装自己,为祖国的繁荣昌盛贡献力量。

爱国主义思想的继承和发扬,是关系到民族盛衰、国家兴亡的根本问题。爱国主义思想情操的形成,需要不断地培养。培养爱国主义精神的一个重要途径是向英雄人物和典范事迹学习和致敬。这套丛书的出版,对于青少年向英雄和先进人物学习,特别是对于在中小学生中进行爱国主义教育是不可多得的生动的教材。祝愿此书出版发行成功,为培养时代新人做出贡献。

胡维革

中华魂
百部爱国故事丛书

编 委 会

毒刑拷打，那是太小的考验。竹签子是竹子做的，共产党员的意志是钢铁铸成的！

——江姐

目　录

中华魂 百部爱国故事丛书
ZHONGHUA HUN

乌云滚滚山城黯　午夜森森宇宙寒

你是丹娘的化身，

你是苏非亚的精灵，

不，你就是你，

你是中华儿女革命的典型。

（一同被关押的囚徒献给江姐的慰问信）

这首诗最真、最深切的表达出了江姐在人们心中的形象和地位，也更加真实地体现了江姐革命历程的艰辛和苦难，更是同志们对江姐的坚贞和忠诚最美的讴歌和赞扬！它是人民心中最嘹亮的呐喊、最强烈的爆发、最急迫的渴望——伟大的"中国的丹娘"能鼓舞几万万中国同胞站起来，争回属于我们自己的那片土地！

江姐（1920—1949），著名的革命烈士江竹筠的爱称，原名江竹君，曾用名江志炜，1920年8月20日出生于四川省自贡市大安区大山铺镇江家湾的一个农民

家庭，1939年加入中国共产党，担任中共重庆新市区区委委员。1945年与彭咏梧结婚，婚后负责中共重庆市委地下刊物《挺进报》的组织发行工作。1948年，彭咏梧在中共川东临时委员会委员兼下川东地委副书记任上战死，江姐接任其工作。1948年6月14日，江姐在万县被捕，被关押于重庆军统渣滓洞监狱，受尽酷刑仍坚不吐实，1949年11月14日被敌人杀害并毁尸灭迹，同志们习惯称她江姐，以表敬爱之情。

少年江姐

江姐一家人住着两间简陋的草房，家里只有孤苦无助的妈妈李舜华，她是李舜华的第三胎，前两胎都因为家里穷，没有养活。江姐8岁时，性格刚强的母亲对丈夫的游手好闲和流浪汉习气很感失望，不能与之相处，便带着江姐姐弟到重庆投奔兄弟，她把希望寄托在孩子身上，她要尽一切可能把孩子养大。江姐的求知欲很强，也很上进，随母亲逃荒到重庆就住了下来。10岁时的江姐，身材矮小、枯瘦，为了生活，被迫去重庆的织袜厂当了童工，因为人还没有机器高，老板就为她特制了一个高脚凳，干活时必须坐在特制的高脚凳上，稍有疏忽，就会被皮鞭抽打。11岁时，她又进了重庆一所教会办的孤儿院，边做工边读书。12岁时，经李义铭（江姐的舅父）安排，她和弟弟进入由慈善家刘子如和李义铭合办的孤儿院小学读书。初入学，江姐就读初小四册，因成绩特别优异，第一学期就连跳三级，跳级后，江姐的总分仍是全年级第一，让老师和同学都对个头矮小、长得不很漂亮的她刮目相看。

江姐童年的美好时光就这样在坎坷中悄悄流逝，在苦难的生活经历中，江姐对当时的社会制度充满了憎恨，同时也养成了刻苦学习的好习惯。她在上学时就非常用功，记忆力超群，后来据同牢难友讲，在狱中，她背诵和默写下毛泽东的《新民主主义论》和刘少奇的《论共产党员的修养》，供难友们学习。

在重庆这段苦难的童年里，出现了对江姐的一生有重大影响的人，这就是她在孤儿院小学的老师丁尧夫——是他启发了江姐的思路，让她开始去认识社会，把书本上谈的与社会现实相对照；把那些反共谎言与书上说的相对照，也是他让江姐了解到，努力学习的目的，不只是能独立工作、改善自己和妈妈的困难处境，还要为大局着想；让她的思想有了提高，立志要做一个像丁老师那样有学问、目光远大、思想进步、受人尊敬的人，丁老师被捕后，她心中又萌发了一个新的念头——要改造社会，要找共产党。

1936 年秋，江姐小学毕业考入南岸中学，这

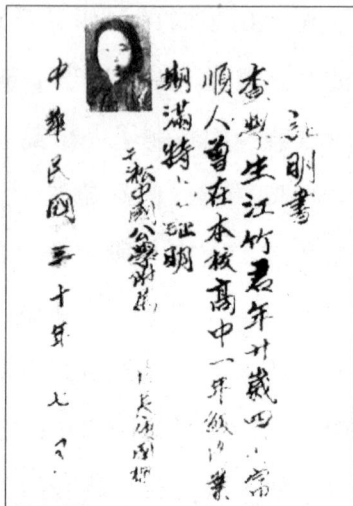

这是江姐的高一结业证书。江姐于 1939 年考入中国公学附属中学，同年加入中国共产党。

时国事也更紧急了。日本占领东北之后，又向华北步步逼近，而蒋介石却命令东北军放弃抵抗日本，调到西北打共产党，继续执行"攘外必先安内"的反动政策。此时北平爱国学生首先大声疾呼宣传抗日救亡，爆发了划时代的"一二·九"运动，由此在全中国掀起了抗日救亡的斗争高潮，这时的重庆也正是"山雨欲来风满楼"之势。

1936 年 12 月 13 日，《新蜀报》登出"张学良举兵叛变"的重大消息，报道蒋介石被张学良、杨虎城在

西安活捉了。同月 27 日，报载蒋介石已被释放并送回南京，各地还要大肆庆祝！江姐和她的挚友们很不理解，她们相约拒绝参加庆祝大会，以示抗议。

1937 年，重庆卫戍司令部将义林医院（江姐的舅父办的医院）征用，江姐一家搬出医院，住进附近吊脚楼。同年，爆发了抗日战争，蒋介石在全国人民抗日怒潮的逼迫下，接受了共产党的要求，释放了爱国七君子沈钧儒、邹韬奋等，放松了对学校和社会团体的爱国活动的限制。全国各地抗日运动迅速高涨，学生们也一样深切地感到"国家兴亡，匹夫有责"，大家都不愿意天天呆在教室里读死书了，江姐和同学们组织了各种形式的活动宣传抗日。

大街上，江姐看到警察宪兵横行霸道，"前方吃紧，后方紧吃"，她想得更清楚了，她给住在自贡的表

义林医院（现中山医院）旧址

——革命烈士江竹筠

宁死不屈的共产党员

妹杨蜀翘寄去毛泽东的《论新阶段》一书，附了一信，大意说：共产党是抗日民族统一战线的发起者、组织者、领导者，任谁都无法动摇。从九一八事变起，共产党就一直坚决主张抗日，这才是我们民族的救星，毛泽东的

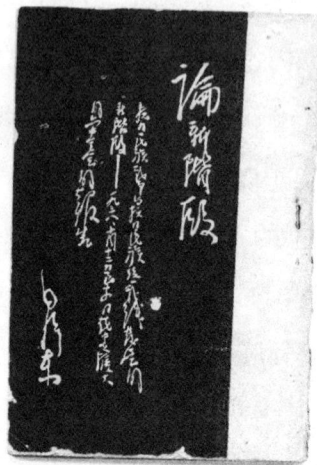

《论新阶段》

这本《论新阶段》才是争取最后胜利的法宝。

1938年，国民党不战而撤出武汉、长沙，并借口焦土抗战，火烧长沙，引起人民极大义愤。1939年春天，她考进了爱国科学家、教育家何鲁办的中国公学附属中学读高中。当时，校内一些反动分子，经常对进步师生监视、恐吓，竭力破坏共产党的政治影响，不准师生订阅进步报刊，甚至随意传讯和开除进步学生，并在学生中拨弄是非、制造纠纷，煽动本地学生和外地学生之间的冲突，以削弱学生的政治热情。校内进步师生在我党的领导和影响下，与反动分子展开了斗争，江姐在斗争中态度坚定明朗，在平时她也很好学并且沉着、冷静，喜欢阅读书籍、钻研功课，既关心时事政治，又热心社会活动，对于教师所教的功

课，能选择性地接受、批判性地更改。

　　江姐的觉悟一天天的提高，革命意志也更坚定了，她一直提倡：有志气的青年应该投入到实际斗争中去。她一直说："自己这几年，只不过在抗日浪潮中摇旗呐喊而已，对于革命青年来说，这是很不够的。"她想离开学校去参加革命斗争，找党的组织，而恰巧学校就有党组织，江姐终于找到了共产党，立即提出了入党的要求。党组织早已知道江姐小学、中学的情况，并且很满意她平时的一贯表现和积极的心态，很快批准了她入党的请求。负责人也对江姐说明了作为一名共产党会遇到的危险，甚至会失去生命，江姐对这些毫无惧怕，并且表示了自己的决心——愿为党和国家牺牲一切，哪怕是生命！

008

　　1939年，江姐留在中国公学附中继续做革命工作。

　　1940年秋，她转移到中华职校学习会计专业，以利于找到不打眼的社会职业隐蔽自己，完成党的任务。1941年，江姐从中华职校会计班毕业，任地下党重庆市新市区区委委员，社会职业是在宋庆龄、邓颖超领导的重庆妇女慰劳总会工作，负责单线联系沙坪坝一些高校党员和新市区的女党员。

　　1941年1月4日，党所领导的新四军军部遭受重大损失，酿成了令全国人民痛心疾首的"皖南事变"。国民党反动派在报纸上诬蔑共产党新四军"不听军令政令"，宣布取消新四军番号，将新四军军长叶挺"交付军法审判"，并向新四军在大江南北的部队进攻，由此掀起了第二次反共高潮。为了正视人民的视听，地下党组织把一大卷传单交给江姐去散发，传单是周恩来同志在《新华日报》开天窗处题词："为江南死难者致哀"，并题了一首诗"千古奇冤，江南一叶，同室操戈，相煎何急！"江姐和革命战友何理立机智地派发了传单，第二天全校都看到了传单上的消息，并引起不小的轰动。在这次反共高潮中，江北县的党组织有的暴露了，有的遭到破坏，大部分暴露了的党员和干部都转移到地方撤离了。江姐当时只有21岁，但工作踏实稳重，不突出个人，不大引人注意，所以她和她所领导的党组织没有暴露，而且工作还有进展。

——革命烈士江竹筠

宁死不屈的共产党员

江姐姓名的演变

江姐的本名其实叫江竹君，后来她到万县工作，就化名为江志炜（可能是志在光明的意思）。当她被捕的时候，敌人问她的名字，她说："我叫江志炜。"狡猾的敌人冷笑道："别以为我不知道，你真名叫江竹君。"

江竹筠像

这时，江姐听到了审讯室外风吹竹林的声音，想起了家乡的竹林那种顽强，每当狂风暴雨来临，它们个个精神抖擞，毫不畏惧，即使狂风吹落它们的枝叶，暴雨折断了它们的"脊梁"，它们仍然不肯向暴风雨低头，高高地挺立着，将根深深地扎在泥土里。它们像一排排坚强不屈的士兵一样，不肯向敌人投降屈服，为了晚一点暴露身份同时又表达自己的忠诚，她灵机一动，大声呵斥敌人："对，我是叫江竹筠，不过我那个筠，是上面一个竹字头下面一个平均地权的均那个筠字，你们不要写错了。"可谁知，这一改，竟为后世留下了一个叱咤风云的千古英名（注：筠有两个音，当它读yun的时候，意为竹子；读jun的时候，作一地名并无竹子之意，但它此时又恰恰与君同音）。

宁死不屈的共产党员
——革命烈士江竹筠

假扮夫妻刚强志　紧迫形式亲人逝

　　1943年5月，在成都工作的江姐接到了组织给她的一项重要而特殊的任务：回重庆与中共重庆市委第一委员彭咏梧假扮夫妻，以掩护地下党开展工作。

　　当时彭咏梧的社会职业是中央信托局（四大家族的金融机构）的中级职员，这是个很好的护身符，但因没有家眷只能住在单身集体宿舍，这对开展地下活动非常不利，而且容易暴露，因此组织上决定让彭咏梧以家属要来的理由申请分房，并且亟需一个可靠的亲密助手，但是，彭咏梧要求把在云阳的妻子、孩子接来的请求却没有得到批准（彭咏梧刚调到重庆不久，即经过组织同意，给妻子写了一封信，叫她带上儿子到重庆来，但是，因当时儿子彭炳忠正在出麻疹，而妻子也有事情耽搁了，所以只能过段时间再去重庆）。因此，党组织经慎重

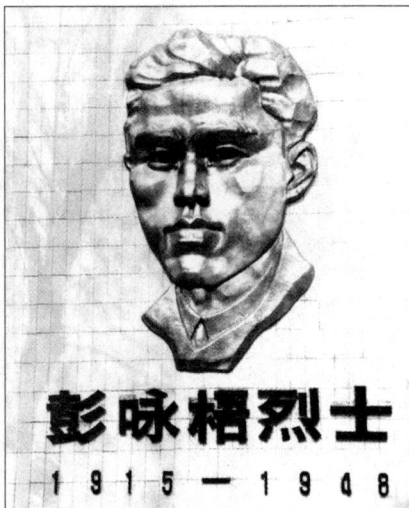

彭咏梧烈士
1915—1948

研究，选中了虽然年轻但却有着丰富斗争经验的江姐，让她与彭咏梧扮作假夫妻。

对于彭咏梧来说，他与江姐虽未曾谋面，但却是神交已久。从1941年8月起，彭咏梧除全面负责市委工作外，还具体负责建立和领导重庆沙磁区、新市区一带的地下党组织和学生运动。江姐是新市区区委委员，负责单线联系的党员正是在彭咏梧具体负责的这一地区，两个人的工作神秘地交叉着，特殊岁月里特别单线联系的地下工作方法，像一圈紧紧相扣转动的链条，仅仅因为一个"链环"的相隔，暂且将江姐和彭咏梧这对未来革命伴侣的相识机会保留着。彭咏梧也曾听说过江姐的不少事情，知道她是一个年轻、能干、稳重、细致的革命同志，但却万万没想到，却是

江姐与何理立

在这种尴尬的情形下见第一面，也没有料到真正与他所欣赏的江姐共事，竟然一开始就是一起共同生活。他也许并不相信缘分，但缘分的确在他俩之间存在着，并且发生了。

江竹筠和丈夫彭咏梧

对于江姐来说，接受这样一个特殊的任务时，却是另外一种心情。她也许早已见过并了解彭咏梧的身份，也许并不是"间接地"而是"直接地"与彭咏梧一同在新市区领导过那里的高校工作和学生运动，因为一份后人的回忆材料曾经明确地记载说："组织上决定她到妇女慰劳会工作，由彭咏梧领导进行党的地下工作。"真正的情况如何，在那个实行单线联系的特殊岁月里，唯有他们这两个当事人才知道。这份任务的困难对于江姐来说，绝不亚于组织一场声势浩大的学生运动。做革命工作，江姐敢于斗争、敢于拼命，但是这种事情还是头一次，不过想起这是为了国家为了党，江姐也就不想那么多了，尽管如此，二十三岁的从来还没有真正谈过恋爱的大姑娘的她，还是惊愕不已，羞涩万分，然而，当她明白这的确是革命的需要、党交给的重任时，她还是毅然地"走马上任"，由彭咏梧迎进了"洞房"。

他们的"小家庭"即是市委的秘密机关，它是国民党黑暗统治下的战时首都的一个红色据点、地下党员整风学习的指导中心。江姐在这里加强了党性锻炼，而彭咏梧在她的全力帮助下，工作也顺利多了。虽然江姐对大家叫她"彭太太"极不习惯，但掩护组织的强烈责任感立即使她警觉起来，便大方地和人们周旋，不留任何痕迹。江姐把彭咏梧介绍给自己的至亲好友，称他为"四哥"，说他是中央大学的毕业生，又在北平银行当过职员。虽然他们是有名无实的夫妻，但这位名义上的丈夫的确是一位值得信赖的好同志，在"家庭"生活中，彭咏梧对她十分尊重和爱护，他俩长期共同战斗，亲密相处，除了工作之外，生活中江姐也把"丈夫"照顾得无微不至、细致周到，彭咏梧有严重的肺病，工作担子重，急需合理调配膳食，每当彭咏梧工作到深夜，她就把煮好的莲米汤送到他的桌上。

不过扮假夫妻确有很多具体问题，朝夕与一位男同志在同一间屋里共同生活，白天是一套，晚上是另一套，又要使旁人看不出是假的，这毕竟不是在舞台上演戏，说起来容易做起来难啊！万一露了馅怎么办？还有，假扮的时间有多久，要是时间长了，真的出现

015

——革命烈士江竹筠

宁死不屈的共产党员

越剧《江姐》剧照

016

意想不到的情况怎么办？这些都考验着彭咏梧和江姐。日子久了，邻居们都称赞他们说："这对年轻人真有教养，没听见吵过半句嘴！"江姐在"家庭"开支上也是很节省的，她对自己的零花钱打得很紧，却对彭咏梧的营养补充方面很舍得花钱。为了假戏真做，不被敌人发现，她在外人面前也亲热地叫彭咏梧"四哥"，亲朋好友们也跟着她这么称呼，而彭咏梧也亲热地称她"竹"。人们都以为他俩是一对真夫妻，就连江姐的母亲也一直以为彭咏梧就是自己的女婿。他俩在这样"强化"的关系中和亲密相处的共同生活与战斗中相互扮演，掩护得自如起来，没露出过一点破绽。

江姐和彭咏梧塑像

——革命烈士江竹筠

宁死不屈的共产党员

　　江姐入党前便热爱革命文艺和喜欢研究时事政治，在党内一直积累理论知识，但因为没有实际经验，所以一直对自己不满意，现在，在自己的红色"小家庭"里，关起门可以自由阅读党的文件，又能及时得到南方局的直接指示和彭咏梧的具体帮助，她总是不断地向他的"假"丈夫、"真"领导虚心求教，彭咏梧也不厌其烦地向她说明解释，她自觉投入整风学习，坚决响应党中央的号召，把自己的学风来一个根本改造，把以往的经验作一次认真总结，她反复阅读了22个整风文件，特别是毛主席的《改造我们的学习》、《整顿党的作风》、《反对党八股》，此时，才有了较实际的理解。江姐的作风，本来就比较朴实，现在更加自觉地重视实践、探求实学、讲求实效。整风学习运动开始后，她一面帮助彭咏梧工作，一面联系实际扎实地学习整风文件，这样的机会哪里找呢？对她来说这是一件很兴奋的事情。

时间就这样一天一天地过着，不知从什么时候开始，一种特殊的情愫在两人身上悄悄地滋生，但是，谁都没有捅破感情上的最后一层薄纸。

1944年的春天，江姐同挚友何理立一道去《新华日报》营业部买苏联小说《虹》，从报社出来，被特务跟踪，她们发现后，想了很多办法才甩掉了"尾巴"。党组织知道此事后，为了保障市委机关的安全，决定让她俩先后转移到成都，就在这次突然的转移中，江姐的妈妈高血压病加重了，一天夜间，病逝在那间吊脚

成都九眼桥

山城重庆

楼房的破床上。9月，江姐才得到母亲病逝的噩耗，十分悲痛，她永远怀念妈妈，常对人说："妈妈是我最早的教师，她的经历帮助我认识旧社会，她的艰苦奋斗精神，鼓励我去为改造不合理的社会进行斗争。"

到成都后，江姐根据组织安排，考入四川大学（她只读过一年半高中和一年会计学校，并已辍学三四年，但却凭着自己的韧劲和努力，复习短短了两个月便考进了四川大学），她进大学后的第一件事就是给妈妈（党的代称）写信：她要按妈妈的要求读好书，取得优良的成绩，她信中提到的"优良成绩"，不仅仅是学到知识，更重要的是做好群众工作、革命工作，但她自己也知道，要做到这些，甚至比考大学还要困难很多，革命工作要从细微处做起，要长期坚持不懈，

要有耐心和毅力，是一项持久的工作。江姐对自己也提出了严格的要求：举止言行、起居饮食都要符合一般大学生的常规，按时作息，上课专心听讲。在四川大学期间，江姐学会了俄语，并阅读来自苏联的书籍和报刊。

那时候的电影，多数是美国片，少数是国产片，苏联电影很难见到，几年中只放映过两部。有一次，江姐等几位女同学去看苏联影片《夜莺曲》，看罢电影回来，江姐很兴奋，走过九眼桥到了沿江马路人少的地方，便低声哼起影片里的插曲来："河边林中，夜莺在歌唱……"接着，她激动地对同伴说："今天的电影，看起来就是好看，那个女的好勇敢呵！像丹娘一样。"回到宿舍，她又讲起丹娘的故事，说："丹娘是苏联的女英雄，她被捕后，坚贞不屈，忍受了一切酷

宁死不屈的共产党员
——革命烈士江竹筠

刑，还鼓励难友们坚持斗争。就义之夜，她光着脚，在风雪中从容地走向刑场，带头高唱《国际歌》。"

还有一次，江姐和同学们一起看了一部美国影片，上面有苏联妇女的形象，看后回到寝室，她问同房的同学："你们说，这部电影好不好？"

有人回答说："不大好。"

江姐气愤地说："歪曲！"

有人问："你怎么知道？"

江姐说："看也看得出来嘛！影片上的苏联妇女，一点人情味儿都没有。"她模仿着一些影片上的动作说："你看，这叫啥子嘛！"

江姐认为，革命的妇女，还是应该有人情味儿，应该活泼有生气，热情、开朗、奔放，她自己就是这样的革命女性。

江姐十分朴实勤俭，蒋介石政府的法币快速贬值，物价飞涨，学生伙食很坏。江姐在女生伙食团吃饭，从不加菜，有时错过吃饭时间，便到女生院围墙外的小棚内去吃一碗酸辣面就算了。她的衣着，老是海昌蓝布旗袍外罩一件紫红毛线衣，只有夏天，穿过一件白底蓝小圆点花短袖旗袍，就是穿这些朴素的普通布料衣服，她还嫌贵呢！

当没有事情闲下来的时候，江姐会仔细地思考着她与彭咏梧之间的感情。短暂的离别，会让两个人有一种失落感在心头，但这种情感的折磨很快就结束了。当时组织上鉴于工作需要，批准她与彭咏梧正式结婚，组成正式的家庭。

1945年，江姐回到重庆，与分别半年的彭咏梧重逢，两人都有说不出的欢喜和思念，1945年8月下旬，江姐回到成都四川大学继续读书。1946年4月，江姐在成都生了儿子彭云。生孩子时难产，要做剖腹手术，她要求在剖腹取胎时一并做绝育手术，医生不同意，当时的社会风气是子女

重庆白帝城风景

越多越有福，生第一个孩子就要绝育是没有先例的，江姐为了在危险复杂的地下斗争中轻装上阵，她一再坚决要求绝育，好友董绛云去签了名，医生才同意。江姐就是这样一个为革命可以牺牲一切的优秀战士。

隐山藏水江姐斗　丛林野草犬鹰眈

江姐进川大以后，时局在发生重大变化，她日夜盼望的革命高潮终于来临。

1944年苏联军队开辟了欧洲第二战场，希特勒的最后失败已成定局，东方的日寇趁机连续在豫、鄂、湘、桂、黔等省发起新的进攻，国民党军望风而逃，全线崩溃，日军如入无人之境，一直打到贵州独山，重庆震动。此时我八路军、新四军在华北、华东等根据地广泛出击，扩大解放区，发展了抗日力量，将日寇的后腿拖住，才使蒋介石在重庆苟延残喘。在成都，生活在群众中的共产党和进步分子，无论有组织联系或暂时失去联系的，都在自觉地重新组织力量，筹划新的行动，公开的和秘密的进步团体迅速成立，如雨后春笋般迅速崛起。

宁死不屈的共产党员

——革命烈士江竹筠

1944年10月，各大学建立了党的外围组织——中国青年民主救亡协会（"民协"），在南方局和川康特委领导下团结群众，开展学生运动、革命活动，斗争的烈火在熊熊燃烧，由5所大学、7个学术团体联合，在华西坝体育馆举行国事座谈会，期间有各界人士一共2 000人参加，喊出"结束一党专政，组织联合政府"的口号，各大学在华西坝广场举行近万人参加的群众大会，大家一致反对成都市长和警察局长镇压市女中学生，会后举行了示威游行。

1945年，"五四"纪念日，由108个团体发起，在华西坝草坪举行数千人参加的"营火晚会"，号召发扬"五四"精神，反对一党专政，呼吁成立联合政府，高喊口号"特务滚出学校去",造成了不小的影响。

1945 年，成都大中学校在华西坝举行昆明"一二·一"死难烈士追悼大会后，举行了声势浩大的示威游行，并成立了"一二·一惨案后援会"，给革命又增添了一股力量。

此起彼伏的学生运动，矛头直指蒋介石反动派，沉重地打击了国民党的法西斯专政，极大地震撼了社会，同时唤醒了群众。每一次大规模的全市性活动，都是由地下党直接领导各进步团体，通过各个学校当中的进步学生分别进行艰苦斗争，最后汇合在一起的。历经这些轰轰烈烈斗争的江姐格外精神振奋，但她也不能擅自随意行动，一切要听从党的命令，服从党的

昆明各界为"一二·一"惨案死难者举行葬礼

指挥。

　　川东地下党组织经过研究，决定让她不转组织关系，让她以普通学生的身份，只做好群众工作，不发展党员，但要主动配合当地党组织，壮大革命力量。按照党组织这个指示，她主动走近进步同学和中间同学之中，更多、更全面地接触同学。

江姐蜡像

　　这时川大已经有30多个进步的社团组织和学术团体，她同一些有革命意识和上进思想的可培养人保持着联系和友谊，而自己作为一般成员参加了"女声社"和"文学笔会"。在一切活动中，她都尽量避免在学生运动中占居显眼地位，但实际上她却密切注视着运动的整个发展过程，观察领导成员的长处和不足，总结运动的经验教训，任何时候发现了问题，都及时与进步同学互相商量并谈出自己的见解，让大家都有进步的空间。

江姐善于做群众工作，经常通过日常生活的接触，启发同学们认识社会。当时，化学系有个学生——小蒋，功课好、人品好，品学兼优，参加了民盟组织和自然科学研究会，引起大家的重视，也影响了一些中间同学靠拢进步团体。这件事被江姐看在眼里，她感触颇深，一次，她和几位"民协"的骨干论及此事的时候说："小蒋在中间同学里面很有威信，他们也喜欢和他接近并且很听他的话，这样不容易暴露，而你们比较暴露，容易引起特务的注意。"她的话引起一些过多活动的同学的注意，他们承认这是一个不小的问题，不久，"民协"干事会采纳了江姐的意见，并作出了相应的决定和调整。

　　还有一个同学是江姐同寝室的，也是班上年龄最小、最聪慧、最纯良的同学，她思想进步，大家都很

宁死不屈的共产党员
——革命烈士江竹筠

重庆老照片

喜欢她，亲切地叫她妹妹。江姐经常邀她和同学们一起散步、谈心，有一次，她们在一个工厂门口散步，江姐问大家到里面工作过没有，大家都说没有，江姐接着说："厂里的工人都是很好的人，一天要为社会做很多贡献，我们生活上都离不开他们，可是他们工作那么多，资本家给他们的工资却很少。"几句话就发人深思，让这些同学们深刻地思考到很多。

还有一位姓王的同学，善良而文静，不喜欢活动，她思想上进步，但参加进步活动不多，和男同学交往更少。有一天，一位男同学到女生院门口请传事叫她出来，小王迟疑着不想见，老传事见此情景，便诙谐地说："我去说你不在好吗？""不，你说她跟着就出来。"江姐在旁插话，等老传事出去后，江姐便直率地鼓励羞怯的小王，大胆地去会来找她的男同学。江姐说："人家没有啥子不好，人家找你，总有啥子事嘛！"还笑着说："我是采取主动的。"但是，江姐历来反对早恋，反对在恋爱上花过多的时间，有一位男同学，过早地谈恋爱，后来受到波折，异常苦闷。江姐同一位女同学谈起此事，说："这些青年都很好，可惜在女孩子身上花的时间太多了。"希望那位同学丢掉烦恼，把精神寄托在大事业上。

"文学笔会"是一个影响和规模较大的团体，从最初的单一吸收人才到后来的多方面吸收人才，而导致兄弟团体有意见，这些江姐都暗暗地看在眼里。江姐十分关心进步同学的团结，她找到"文笔"负责人，并语重心长地说："一定要使更多的团体都壮大、团结起来，我们进步阵营才有更强大的力量，如果仅仅是一个"文笔"，势单力薄，特务就会像过去一样藐视我们，我们很可能再被孤立。"她引用了这样一段历史经验：1944年冬天，进步报纸《华西晚报》报导了川大先修班的问题，消息迅速传到反动派耳朵里，他们唆使几个军阀子弟去捣乱《华西晚报》营业部并打伤了工作人员，川大学生团体的力量就凸现出来，川大进步同学用17个学术团体的名义声援和慰问了《华西晚

四川大学

——革命烈士江竹筠

宁死不屈的共产党员

报》，而这时反动势力便以维护校誉为理由，组织"护校团"，指责进步同学盗用川大名义，并以各种借口欺骗一部分中间同学，使进步力量处于不利地位。这段往事经江姐轻轻一点，提醒了"文笔"负责人，从此，他们主动帮助兄弟团体的发展，关心整个进步阵营的壮大。各大学生团体都互助互溶，一片团结，"民协"也很重视，要求它的成员自觉维护各团体间的团结，川大进步团体的整体形式暂时呈现一片大好。

川大的进步团体内外兼修，不仅保持内在的一致，还打破院系班级和性别界限，广交朋友，以各种形式团结进步同学和中间同学，在革命活动中充满团结友爱和快乐，这种健康进步的气息，对中间同学有强大的吸引力，却惹起少数反动学生的嫉恨，他们到处造谣诽谤，江姐和"文笔"同志们说："敌人诽谤我们，企图孤立我们，那是妄想。"给大家鼓舞了士气、坚定了信心。

随着民主运动的高涨，川大的进步阵营与反动势力的斗争日趋激烈，争夺学生自治会的领导权是斗争的焦点。"民协"决定尽一切努力把下届学生自治会理事长席位争过来，关键是团结更多的中间同学和物色、培养候选人。这时，"民协"把江姐同寝室的陈光明同学列为培养对象，她倾向进步、精明干练，善于跟学校当局打交道，有软有硬，常获胜利，在政治上又不太红，在中间同学中很有吸引力。江姐主动做她的工作，有意提高陈在同学中的威信，女生院伙食团每月要选两个女同学轮流当经理办伙食，一年还要选一个年度经理主持推动全年的伙食管理工作。同学们准备选陈光明当年度经理的时候，陈却不愿意，理由是怕耽误时间太多。经过江姐耐心地劝说，陈受到鼓励，欣然接受了这个任务，把伙食工作管理得很好，女生院的伙食在全校都受到称赞，同学们感到非常满意，因此陈光明在同学中声望很高，受到了大家的拥护。

宁死不屈的共产党员
——革命烈士江竹筠

抗战爆发后，红军改编为八路军、新四军，服装、标志基本与国民党军队相同。

1946年，第三届学生自治会快要选举了，陈光明在竞选中呼声最高，"民协"号召大家都投她的票，因为她办事有经验、有能力，对学生的福利事业做得有成绩，在系级和中间同学中也有威信，能和反动分子作面对面的斗争。普选结束，陈光明果然当选了，她凭借自治会这个阵地，在后来的斗争中，发挥了很大作用。

陈光明后来回忆这段往事时很敬佩地说："我们在当年的学生运动中，能出头露面做点事情，是依靠进步同学，特别是'民协'组织的支持，也与江姐对我的精心扶持分不开，她差不多在每一个关键问题上都给我出主意，态度谦和诚挚，在无形中给人以感染。"

江姐给人的感觉，不过一位普通的支持者，在游行中也只是一个最不显眼的参加者。她的思想水平和文学修养那么高，但她宁愿去做抄写壁报等费力的工作，不计较自己的地位和名利——这就是伟大却平凡的江姐！

四川大学校徽

森林学会主席、民盟成员、学生运动的骨干——李实育，是一个很勇敢的人，但经验不足，江姐常在重要时刻给予他莫大的帮助。

1944年，川大进步势力还是少数，在"《华西晚报》事件"中，李实育被反动势力组织的"护校团"围攻。李焦急不安，情绪不大好，江姐找机会跟他谈心，开导他、给他讲形势的发展……李实育受到鼓舞，并且坚决斗争，成为当时最勇敢的学生领袖之一。

当时在学生当中很盛行同乡会的组织，反动势力企图加以利用，进步势力也尽量争取。江姐发现一个安徽籍同学虽不大过问政治，但常仗义直言，在一些争论中持公正态度，并且平时学业优秀、待人热情，在外省籍同学中有较大的影响，江姐便主动和他接近，建立起良好的个人友谊，同时启发他的政治认识，他的思想觉悟也迅速提高，致力于学生团体的诸多活动，并且敢于在川大推销《新华日报》，这是进步骨干不便直接承担的任务。在川大，他和江姐统一战线、团结战斗，走出学校仍然保持友谊和联系，在很多方面都能帮助江姐做些工作，每有所托，他都全力以赴。时间久了，他的工作成熟了，江姐就把组织问题谈开了："革命是艰巨的事业，难免有牺牲，贪生怕死的人是不能干革命的，我们都是革命者，是特务的眼中钉，我

们要不怕牺牲，
又要避免不必要
的牺牲，今后在
公开场合见面，
在街上碰着，不
要打招呼了，有
事我来找你，如
果被捕了，千万
不可牵连别人，
对敌人的审问，
最好的答复是什

么都不知道。"江姐的话深深记在他的心上，以后的每次接头他都一直等着江姐来找他，但到最后，他等来的却是江姐被捕的消息，为实现江姐的嘱咐，他立即在川西参加了共产党。

江姐在川大度过了两年很有意义的学习生活和战斗生活，她在川大发展的学生团体给革命工作带来很大的帮助，并且培养了很多进步同学和中间同学，在学生运动中，她无疑是一位实干的好战士、人民的好公仆。

四川大学

四川大学校址最初在成都南较场，1916年迁入市中心的皇城，同时在市内学道街、东马棚街、五世同堂街、黉门街、白塔寺街有大片校地。抗日战争时期的1939年底，曾南迁峨眉山麓，以伏虎寺、报国寺、鞠槽、万行庄为校舍。1943年初始迁到望江楼侧现址。

原四川大学创建于1896年，是西南地区历史最悠久的高等学校，也是国内最早建立的几所近代高等学校之一。其历史与西南地区思想、政治、经济、文化、科学发展息息相关。

原四川大学的历史渊源，远可以追溯到汉代（距今2036年前）开地方高等学校先河的"文翁石室"，近可系及1704年创办的锦江书院和1875年兴建的尊经书院。锦江书院是清代中期典型的古代书院，尊经书院则是清末洋务派首领张之洞在任四川学政时创办、经学大师王运主讲的带有改良色彩的新式书院。它们同为清代有名的省级大书院，培养的学生中，既有经世之才，也有饱学之士。如戊戌变法殉难的六君子中的两位四川人杨锐、刘光第，清代唯一的川籍状元骆成骧，为变法维法提供"托古改制"理论依据的经学大师廖平、宋育仁，四川辛亥革命领袖人物吴玉章、张澜、罗纶、彭家珍，"五四"时期"只手打倒孔家店老英雄"吴虞，著名"蜀学宿儒"吴之英、张森楷、颜楷、徐子休、邵从恩等。

真正作为近代高等学校的原四川大学，是从1896年创建的以学习"西文西艺"为特征的四川中西学堂为肇端的。该学堂是四川总督鹿传霖奉旨创办、经清廷总理各国事务衙门核准于6月18日（农历五月初八日）开堂的，它是当时四川唯一的省级新式学堂，也是洋务运动"中学为体，西学为用"在四川文化教育方面的产物。学堂设有英法文科、算学科，学制四年，采用西式教学法，分班上课，实行学分制，生员分"学长"、"学生"、"附学"三个层次。学生至少学12类26

门内容深奥的课程，毕业后由川督分发新式中学堂任教，也有少数出洋留学。它与天津大学前身的北洋公学、上海交大前身的南洋公学属同时期、同层次的近代新式高校。

1902年，清廷下诏"废科举，兴学堂"，川督奎俊奉旨将四川中西学堂和尊经书院、锦江书院合并，组建为四川大学堂。年底又奉旨改称为四川高等学堂。她是四川大学的正源。稍后于1905年创办的四川师范学堂，以及五大专门学堂即四川法政学堂（1905年）、四川农业学堂（1906年）、四川藏文学堂（1906年）、四川工业学堂（1908年）、四川存古学堂（1910年），与四川高等学堂一起形成清末四川高等教育的主要阵容。

辛亥革命后，四川高等学堂改称四川高等学校，四川师范学堂改称四川高等师范学校，五大专门学堂分别改称四川公立法政、农业、外国语、工业、国学专门学校。1916年，四川高等学校与四川高等师范学校合并为国立成都高等师范学校，成为全国六大高师之一。1926年该校中的原四川高等学校部分又独立组建为国立成都大学，设文、理、法3个学院11个系；师范部分升格为国立成都师范大学，设文、理、教育3个学院11个系、两个专修科。五大专门学校则于1927年组合为公立四川大学，设文、理、法、工、农5个学院19个系。1931年以上三所大学合并为国立四川大学，成为当时全国13所国立大学之一，并在办学规模上位居前列。历经发展，到1949年成都解放前夕，四川大学共有文、理、法、工、农、师范6个学院，中文、历史、英文、法律、政治、经济、数学、物理、化学、生物、地理、航空工程、土木水利工程、电机工程、机械工程、化学工程、农业、园艺、植物病虫害、蚕桑、农业经济、农业化学、森林、畜牧兽医、教育等25个系，10余个专修科，文科、理科两个研究所。共有教职工981人，其中专任教授113人，副教授53人，讲师79人；在校研究生、本专科生合计5057人，占全省大学生数的三分之二，是当时国内规模最大的高等学校。

再返重庆悲板荡　重现革命苦辛蹂

1946年7月，江姐回到重庆，便立即投身于革命热潮，抗日战争后期，重庆成为革命的中心。

1945年2月发生的"胡世合事件"，打破了1940年以来的沉寂，成千上万的工人和市民公开冲击特务统治。同年8月，抗日战争胜利了，毛主席到重庆谈判，签订了"双十协定"，强有力地推动着和平民主运动，为以后的革命活动做了铺垫。

1946年1月10日，特务制造的"沧白堂事件"和"较场口事件"，激怒了广大学生和社会青年，纷纷起来游行示威，讲演队、歌咏队遍及大街小巷，工人、摊贩也展开了争生存的罢工罢市运动，掀起了不小的浪潮。

黄梅戏《江姐》

此时国民党假装和淡，暗地里却依靠美国的帮助把军队从水陆空运到

——宁死不屈的共产党员

革命烈士江竹筠

《双十协定》

双十协定即《政府与中共代表会谈纪要》。1945年8月29日至10月10日，以毛泽东为首的中国共产党代表团与国民党政府代表在重庆举行谈判，经过43天的谈判，于10月10日签署《政府与中共代表会谈纪要》，即《双十协定》。

该会谈纪要列入关于和平建国的基本方针、政治民主化、国民大会、人民自由、党派合法化、特务机关、释放政治犯、地方自治、军队国家化、解放区地方政府、奸伪、受降等12个问题。这12个问题中仅少数几条达成协议，在军队、解放区政权两个根本问题上没有达成协议。

《双十协定》公布不久，即被蒋介石公开撕毁。尽管如此，但《双十协定》的签订是有其意义的，教育了广大人民，特别是中间势力，使中国共产党的主张得到了国内外舆论的广泛同情和支持，使国民党当局陷入被动。

内战前线，还派特务暗杀了反独裁反内战的著名民主人士李公朴、闻一多，在国统区加强了特务统治。

1946年3月，南方局决定重庆地下党委在公开的四川省委直接领导下，清除一些反动势力，彭咏梧任地下市委委员，担负重要任务，工作十分繁忙，经组织决定，江姐不再去川大，留重庆作彭咏梧的助手。她以彭咏梧的名义在大梁子青年会租了一套住房，对外是一个职员之家，他们掩蔽得很好，在这里一直住到下农村搞武装暴动，历时一年零三个月，没有引起任何人的怀疑。而江姐本人也不宜单纯以家庭妇女作掩护，为了便于外出活动，她必须有个社会职业，于是在舅父办的敬善中学做了兼职会计，既有一定收入，又有行动自由，随后就成了挂名职员。她的党内工作

《双十协定》签订处

也随形势的迅速变化而变化，从最初守护党的机关，到负责市外的通讯联络，只是她不直接收信，而是暗中联系几个秘密通信站，以便安全地接收信件。

江姐对党的工作，十分认真负责，经她手转的信，总是迅速按规定送达负责同志手里。她也很守纪律，凡是不该她接头的关系和不该她接谈的问题，她都立即转给有关同志，从不耽搁。

1946年6月，蒋介石以《中美商约》等一系列卖国条约以换取美国的军事援助，进一步暴露了蒋介石集团卖国、独裁、内战的真面目，激起人民的强烈不满，纷起反抗，重庆学生抗议美军暴行运动开展得很成功。运动的规模之大、持续之久、影响之深，在重庆都是空前未有的。彭咏梧、江姐与刘国志、罗永晔等学运骨干一起，在运动中做出了重要贡献，为革命的进一步发展提供了氛围。

运动中，江姐协助彭咏梧奔走于各大、中学，按照上级的方针放手发动群众，使各校的运动迅猛开展起来，组织全市学生抗暴联合会，举行声势浩大的示威游行，并组织小分队在街头、郊区开展反内战宣传活动，对蒋介石集团的卖国、独裁、内战政策是一次广泛的揭露和沉重的打击，大大削减了蒋介石的嚣张气焰。

1947年2月27日，四川省委、《新华日报》被迫撤往延安，江姐受市委指派负责联系重庆育才学校、国立女子师范学院、西南学院，她按具体情况分别采取了不同的联系方式——攻破。

育才学校是一所不受国民党教育体制约束的新型学校，是早前人民教育家陶行知先生创办的，一直受到南方局和周恩来同志的重视、关怀和扶持，实际上起了党在白区的一个干部学校的作用，为党和国家培养了大批的有用人才。

1941年以来，它的一部分师生，根据南方局指示，有的输送到延安去工作，冲到第一线；有的组织农村工作团到达县、大竹、梁山等地扎根，埋下武装斗争的种子。当时江姐负责联系育才学校时，该校党的组织力量仍然较强，师生政治觉悟高。

《新华日报》

《新华日报》最早在抗日战争时期和解放战争初期（1938年1月11日至1947年2月28日）是中国共产党的大型机关报，它是由周恩来等老一辈无产阶级革命家亲自创办的、中国共产党第一张在全国公开发行的报纸并一直持续至1947年2月28日。《新华日报》于1949年4月在南京复刊，1952年成为中国共产党江苏省委机关报，现由新华日报报业集团主办。

1947年6月下旬，江姐与党支部书记廖意林（人称意姐）接上关系后，互相信赖。江姐便只与支部书记单线联系，传达上级指示，研究实施方案，但从不过问细节，尽量发挥他们的主动性和创造性，培养了大批革命青少年，在重庆教育界和文艺界影响较大。

对于女师学院，江姐则另有一套，女师学院政治空气淡薄，进步势力不强。1946年，学校开始呈现焕然一新的局面，进步人士劳君展当了院长，派了一个进步女青年赖松考入该校，作为党组织开展青年学生工作的依托，赖松从1941年起就接受与她有联系的地下党员的革命教育并做群众工作。江姐通过一段时间的工作接触，肯定了赖松并高度评价了赖松善于沉着应对的能力，还推荐她成为了正式党员（江姐做介绍人）。赖松入党后，更加兢兢业业，常常和江姐谈心，研究工作方针和方法，江姐常用她在川大的经验帮助赖松，给了她很大帮助。

在江姐的努力和帮助下，女师学院党支部逐渐成为密切联系群众，有坚强战斗力而又避免了暴露的领导核心。党支部建立后，南京发生了"五二〇"血案，波及全国，重庆也乘势掀起一个反蒋浪潮。就在血案发生的头几天，人心鼎沸，广大群众接受了我党提出的"反饥饿、反内战"口号，女师院的学生们发起募捐，给社会以巨大震动，运动迅速进入高潮。江姐根据上级市委指示，嘱咐女师支部派人去联络其他大学，发起组织全市学生

拿飯來吃
五二〇血案画集
一九四七年六月二日出版
中央大學五二〇血案處理委員會編

《五二〇血案画集》

047

——革命烈士江竹筠

宁死不屈的共产党员

联合会以代替原来的抗暴联合会，以便采取一致行动，争取合法地位。这个时候，反动派已经开始指使学生中的三青团员、职业特务以群众面目进行阻挠破坏，军警宪特也大量出动。在这危急时刻，江姐与女师支部分析敌人的动向和当时的形势，对各方面的工作都有周密的部署。

拓展阅读
TUOZHAN YUEDU

"五二〇血案"

1947年5月20日南京、上海、苏州、杭州学生六千余人在南京举行了"挽救教育危机联合大游行"，提出增加伙食费及全国教育经费等五项要求，遭到了国民党军警的残暴镇压。国民党派出大批军警用水龙冲击学生游行队伍，用棍棒毒打学生，当场流血，受伤118人，又非法逮捕请愿学生20余人；同日，天津学生的游行遭遇袭击，伤达50余人，造成有名的"五二〇血案"。但学生爱国运动在广大人民支持下，并没有被镇压下去，从此以"反饥饿、反内战、反迫害"为口号的学生罢课示威运动和工人罢工、教员罢教等各界人民反蒋反美斗争，遍及60多个大中城市。

5月30日到6月1日，敌人两次武装包围了学校，同学们紧守校门，用鞋子、石头还击敌人、保护同学，敌人不料女学生也如此勇敢、如此齐心，实在招架不住，慌慌张张抓走了13个同学，好在领导核心都保留下来了，这就是"六一"事件。

同学们为了对抗敌人取消自治会的决定宣布罢课，组织"六一"事件后援会，采用请愿、举行记者招待会等为中间群众易于接受的形式，争取教师的社会力量共同声援。不久，13个同学终于全部出狱，至此，斗争取得初步成效。

7月，江姐选择觉悟较高的积极分子，建立党的外围组织——秘密的"六一社"。经过"六一"大逮捕后，国民党政府另派反动的张邦珍作女师学院的院长，江姐和党支部认为必须赶走张邦珍，至少要打掉她的反动气焰。经过部署，采取各个击破的办法，经过几回合的较量，果然成功，大灭了张的威风，使张不敢肆

意妄为。

1947年秋季招生时，江姐派党员杨蜀翘等考入女师学院，与支部研究后，江姐决定组织进步同学对克扣、贪污等现象据实揭露；同时把伙食团的领导权拿过来，决心管好伙食，为同学谋福利，争取广大同学的信任。在江姐的帮助下，杨蜀翘被选为伙食团主任委员后，依靠支部和"六一社"做好炊事、采购人员的思想和管理工作，建立了严密的制度，杜绝了贪污盗窃和浪费现象，为大家做了不少实事，更多的中间同学也逐渐信任和接近进步同学，向党支部靠拢，经过一段时间的努力，各系、科、班的主席也大都是进步同学，为后来的学生运动创造了条件。

离市区较远的西南学院是一所新建的学生人数不多的私立大学，校长潘大逵和一些教师是民主人士，进步学生反蒋情绪较高。在抗暴运动中，学生们到各大中学发动和联络，起了不小的作用。针对这些特点，江姐采取了不同于一般学校的方针和方法，着重抓了党的组织发展工作。罗永晔（罗世文烈士的侄儿）是江姐很器重的一个人，她从1946年9、10月起就开始与他联系，江姐通过他在西南学院发展了胡正兴、杨建成等五六个党员，建立了支部，罗任支部书记。该校在南泉，江姐去的时候较少，但她用化名暗语与他们通信联系，也曾用这个办法邮寄《挺进报》，但是后来担心取信时不太安全，才改变办法。江姐与他们约会，约会地点常用中山公园"江山一览轩"茶馆，江姐把每一步都安排得尽量隐蔽，以免敌人查出蛛丝马迹。

"六一"大逮捕前，江姐已两次向西南学院通报敌情，但她仍不放心，自己又不能去，于是就让杨蜀翘第三次去传信，要求一些同志撤退，可见江姐对工作认真细致，对同志的安危无比关心，经她布置撤退以后，在那次大逮捕中减轻了很大损失。"六一"以后，她继续去南泉联系，并组织该校同学下乡，支援农村武装斗争。

"较场口血案"周年纪念

《挺进报》创刊背景

1946年6月，国共内战爆发，1947年2月28日，国民党封闭了设在重庆的中共四川省委和《新华日报》报社。3月5日，省委和《新华日报》的全体人员被迫撤回延安；重庆的国民党出动军、警、宪、特进行全市性的、大规模的逮捕，重庆处在白色恐怖之中。

由于《新华日报》的撤离，重庆消息闭塞，谣言充斥，白色恐怖加剧，许多人感到苦闷焦虑，甚至悲观失望。地下党的同志和进步群众渴望了解解放战争的进展情况。《挺进报》就在这个背景下诞生了。

《挺进报》的前身叫《彷徨》，是一种由南方局四川省委领导下，在重庆市出版的"灰皮红心"的杂志，主要的编辑和有关工作人员有蒋一苇、刘熔铸、陈然（小说《红岩》成岗原型）、吴子见等。

"较场口事件"又称"较场口惨案"

1946年1月31日，政治协商会议闭幕。为庆祝政协会议的成功，2月10日上午在重庆较场口广场举行庆祝政协成功大会，并邀请李德全为总主席，李公朴为总指挥，推选李公朴、郭沫若、施复亮、章乃器等20余人组成大会主席团。陈立夫召集方治、叶秀峰、王思诚等人开会，密谋破坏。10日晨，当参加大会的群众团体陆续进入会场时，由中统特务组织秘密拼凑的另外一个所谓"主席团"成员吴人初等登上了主席台宣布开会，李公朴、施复亮上前阻拦遭到毒打，郭沫若、陶行知、等60余人也被打伤，这就是"较场口血案"。正当暴徒、特务行凶的时候，周恩来、冯玉祥等赶到，于是特务暴徒遂四散而去。当晚，政协各方代表举行紧急会议，推出周恩来等四位代表向蒋介石当面交涉，揭露出了国民党反动派破坏政协决议、坚持独裁内战、践踏人民民主权利的反动面目。

巴山蜀水初露芽　拨开云雾欲见阳

　　"二二七"事件后，新华日报社、八路军办事处、中共四川省委刚刚从重庆被迫撤走，国民党就在3月19日侵入了革命圣地——延安，一时间，反动报纸、电台大肆渲染他们的"胜利"，宣扬蒋介石吹嘘的"3个月即可击破共军主力"。负责地下党宣传工作的彭咏梧成天吃不下饭，睡不好觉，让做妻子的江姐也一同寝食难安。夫妻俩相互琢磨着如何应对蒋介石的反动统治，最终决定要新出版一份报纸。就这样，为冲破黑暗，传播真理的地下市委机关报《挺进报》在两份无名的油印小报基础上，在国民党黑暗统治的中心——重庆秘密诞生了。

　　彭咏梧对如何办《挺进报》作了一系列的指示和安排，新闻稿除陈然他们原来的来源外，由市委提供陈家四兄弟接收站接收的延安

（成都版）　第二期　一九六七年九月二十七日

重庆红卫兵反到底司令部
重庆交通学院九·一五战斗团
《挺进报》编辑部

挺进报

广播的消息，另由市委供给指导性的评论稿，印刷机关仍设在陈然的住处并由陈然负责，随后有吴子见、吕雪堂参加工作，首先经刘国志的关系与彭咏梧联系上了，不久便转为重庆市委机关报，受市委彭咏梧的直接领导。市委和《挺进报》之间采取单线联系，由吴子见沟通，市委和彭咏梧的指示、意图、部署也都通过吴子见传达。

《挺进报》诞生后，彭咏梧的担子越来越重，已经忙得不可开交了，除了组织领导被特务严密查禁搜捕着的《挺进报》，他还担负着重庆学运、地下党组织的发展建设工作，尤其是负责着选派大批经过锻炼的同志去川东各地筹备下川东的武装斗争。况且，他还有社会职业，每天都要上班，于是，经过市委同意，彭咏梧指派他的助手、妻子江姐加强《挺进报》的工作，江姐作为彭咏梧的助手为该报及其工作人员服务，做了不小的贡献。

彭咏梧还在《挺进报》成立了党的地下特支，他自己亲自兼任特支书记，有了这样一个坚强的特支领导，《挺进报》这张八开的油印机关报，很快秘密出版发行了。它真实而迅速地传达着党中央和毛主席的声音，报道着解放战争的胜利喜讯，既像一盏明灯从此照耀着黑暗的山城和为自由而斗争前行的人们，又像一把匕首，插在国民党自以为舆论统治最严密的心脏地区，引起了当局军警宪特的极度震惊和恐惧。

1947年初秋的一个下午，彭咏梧领着江姐秘密来到神仙洞偏僻小巷的吴子见的住处，先向江姐介绍了吴子见，尔后对吴子见介绍说："这是江竹筠同志，以后和你们一道搞《挺进报》，有啥子难题，你直接与她联系。"吴子见此时已不直接参加《挺进报》的出版，但仍帮彭咏梧为该报准备稿件和资料。江姐是受命来

华蓥山游击队革命烈士纪念碑

加强吴的工作，从此，便由江姐按时送来新华社记录稿。吴子见一听就明白，江姐是作为彭咏梧的助手来领导《挺进报》的，以后他将只与江姐单线联系，以后有什么难题找彭咏梧，按照组织原则也必须通过江姐，他立即上前一步，紧紧握住了第一次相见的江姐的手。

江姐一直尽职尽责，做好每一份记录和稿件，但是由于敌人干扰和技术条件有限，记录难免有缺漏，每逢这种情形，江姐总表示不安，认为自己没有对编辑和读者尽到责任，同时她对吴的要求也很严格，反复对他叮咛："要时刻警惕着，随时准备应付特务的突然袭击。"

彭咏梧对吴子见指示说："以后每期报纸，除了交给刘国志一部分外，其余全部交给她（指江姐）去安

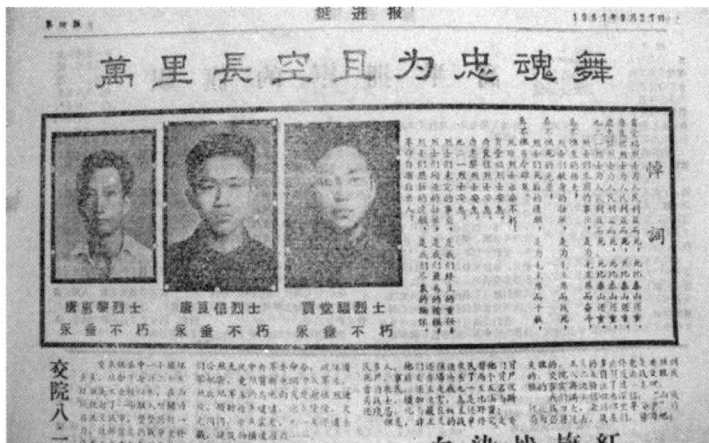

《挺进报刊》

《挺进报》的印刷发行

《挺进报》的发行，最初采取"对内发行"为主，依靠党组织的地下交通传递或邮寄。它成为川东临委和重庆市委团结群众进行反蒋斗争的有力武器，在地下党和进步群众中享有很高威信。有的地区，如合川、垫江等地，还专门组织力量翻印再版。

1948年，《挺进报》特支根据上级的指示，将发行方针改变为"对敌攻心"为主。内容除报导人民解放军胜利进军的消息外，还有针对性地增加了开导、警告敌人的内容，发表了《重庆市战犯特务调查委员会严重警告蒋方人员》、毛主席《论大反攻》、《中国人民解放军宣言》等文章。

排分发，《挺进报》已经成了敌人的眼中钉肉中刺了，不要同志们再去冒这个险了。"江姐也说："新华社广播的收听记录已经另作了安排，你通知陈然他们几个编报印报的同志不要再收听了，特务既然已经很疯狂地进行搜查，同志们就应该慎之又慎，千万不要大意，不要心存侥幸地去冒险。"

有一天，吴子见和江姐偶然在街上碰着了，吴满心高兴地向她打招呼，意欲和她商量事情，但江姐立即将脸转开，示意吴避免照面，因为他违背了秘密工作的纪律，不应在约会以外的场合表示相识，这再一次表现了江姐工作的细致和周到。吴子见非常佩服江姐的革命作风，过去与彭咏梧这个市委领导人直接联系时，吴子见已领略了彭咏梧的魄力；如今与江姐一同工作，使他又进一步感受到了这对革命夫妻的无穷魅力。以前，每次指导《挺进报》的工作，都是彭咏梧来找他；江姐接手后，彭咏梧很少亲自来了，即便需要会面，也都是由江姐为他

俩约定时间和地点。这种联系方式，既说明彭咏梧信任江姐和他，又证明连彭咏梧这样的人都严格遵守着地下工作单线联系的原则，而江姐严谨的工作态度，更让吴子见由衷地佩服，受益匪浅。

　　江姐对革命同志也十分关心，知道一些同事在为《挺进报》殚精竭虑，生活很艰苦，总为他们的健康担忧，三番两次托同志转致慰问。其实江姐的辛苦也不次于他们，从1947年秋天开始，江姐就把一些最危险最累的活揽在自己身上，对新同事也照顾周到、关心备至，关怀着每一个革命同志。

　　在彭咏梧、江姐夫妇的领导下，吴子见和《挺进报》的同志们都严格遵守纪律，既开创了《挺进报》的新局面，又确保了《挺进报》在白色恐怖形势下的安全。国民党出动了大批特务，日夜监视和搜查，却始终没有查到《挺进报》的蛛丝马迹。相反，报纸不仅寄发到了重庆的各个领域乃至部分农村地区，而且居然投递到了国民党重庆西北行辕魁首这样的人物那里，还在那特定的时期里发挥了动员群众、打击敌人、开创局面的重大作用。

江姐生活在城市近20年了，可从未忘记那养育过她的农村人民，在观音岩车坝，她接触过进城谋生的破产农民；在通联工作中，她惦记着在农村扎根的同志；在四川大学，她向往着到农村为民除害，这样的日子终于来临了。四川省委在江姐返重庆之前，就决定重新准备农村武装斗争，由彭咏梧一手抓重庆学生运动，一手筹备下川东武装暴动。大部分革命同志奔赴万县、云阳、开县、奉节、巫溪、巫山和石柱，加强在当地扎根的组织，工作进展很快，好消息频从各个联络点传到重庆市委。

彭咏梧

1947年，彭咏梧说他可能要亲自到下川东去，江姐也要求参加农村武装斗争。虽然他

俩对《挺进报》的领
导重任就要移交给其
他同志，但他俩在报
社里建立的地下特支
和严密而机智的工作
方式，却继续影响着
留下来的《挺进报》
人战斗在敌人最黑暗
的心脏地区。

9月，经过充分
研究，党决定把川东党组织的工作重点转向农村武装斗
争，建立游击队和根据地，破坏敌人的兵源和粮源，牵
制敌军，配合解放军外线作战，成立川东临时工作委员
会，王璞任书记，彭咏梧为委员兼下川东地委副书记，
直接领导武装暴动，江姐以地委和临委联络员身份一同
前往。江姐的愿望实现了，她斗志昂扬，立即着手移交
重庆市的一切工作，准备奔赴新的战场。

10月，江姐与接替她领导女师支部的钱云先杨
蜀翘等同志，办好交接手续之后，她和钱云先步行
了30多里，她们边走边研究女师学院今后的斗争策
略，江姐强调指出：在不利条件下要避免和敌人硬
碰，一定要团结更多的中间力量，不能孤军作战。

这是她对女师支部的临别赠言，也是她几年工作的经验总结。

彭咏梧和江姐估计这次离开重庆，时间可能较长，而且是到农村打游击，不便带云儿去，江姐决定暂时委托王珍如代养，王珍如在北碚天府煤矿白庙子小学教书，欣然承担了这个任务。

1947年秋，解放战争到了转折点，我军由战略防御转为战略进攻，川东地下党在夔门两岸的崇山峻岭中建立了革命根据地。卢留春同志由党派去位于川陕鄂三省交界处的云阳、奉节、巫山、巫溪等地，彭咏梧、江姐等领导的武装斗争都展开了。

11月底或12月初，彭咏梧和江姐装作回老家探亲

泥塑的革命烈士江姐、彭咏梧塑像屹立在云阳老城江边

的模样，离开重庆朝天门码头。为适应农村情况，彭咏梧脱下西装换上长袍，江姐一如平素，只是将红毛衣换成黑毛衣。彭咏梧告诉江姐要在根据办报纸，她就算未来的主编，江姐在旁欣然一笑，为新任务而自豪，她凝望着滔

滔江水，心已奔向下川东去了。云（阳）、奉（节）、两巫（巫山、巫溪）四县被选为下川东暴动重点，它位于川、陕、鄂三省交界处，横跨夔门巫峡和大巴山东南段，山高谷深，关雄道险，确是游击英雄用武之地。清末以来，山区人民多次被逼拿起大刀长矛反抗军阀官僚、土豪劣绅的黑暗统治，共产党领导的暴动也发生过两起，这里也是最适合开展武装斗争的根据地。

1944年，南方局青委又派工作组到这里做就地抗战的准备。川东临委领导的这次暴动正是在上述基础上，从1947年春天开始筹备的。经过一年，已形成5个暴动区域，他们都做了长期的准备工作，组织了群众，筹集了枪枝，这些情况早已汇集在彭咏梧手中。"农村如干柴，星火即燎原。民愤已填膺，举义成千军。"彭咏梧常用这种信念来激励江姐和其他同志，乐观地、勇敢地提出用党的名义迅速发动大规模暴动的方案，江姐担任联络。暴动前夜，党内活动处于半公开状态，江姐随彭咏梧一起接触了当地负责同志，并和一些革命同志研究了武装斗争的具体细节，作出了初步规划。

12月，江姐随同彭咏梧到云阳著名的春荒暴动中心——汤溪沿岸，召集炉塘坪会议，决定尽快暴动，

彭咏梧

宣布川东民主联军的建制，下川东编为一个纵队，赵唯任司令，彭咏梧兼政委。

会后，江姐一行又到奉节青莲乡——奉、大、巫工委即第三支队的暴动中心，他们以新聘教师名义住在青莲中学内，该校便成党的临时指挥所。彭咏梧与工委研究决定，再作一个月准备，便同时奇袭巫溪盐场和云安盐场，由此开始大规模暴动。

下川东地区虽有少数骨干，但知识分子干部很少，奉、大、巫工委特别缺乏，彭咏梧与工委研究商量后，决定派江姐回重庆，向临委要干部，并尽快输送下来。

冬月28日（12月中旬），江姐携带几张青莲中学的聘书，扮作学校工作人员，恋恋不舍地离别即将点燃战火的前线，由两个即将参战的农民戴发斌和周厚发扮作轿夫，大摇大摆地闯过关卡。第二天，到了云阳北岸的水码头，改乘木船到云阳，独自回重庆去了。

漫山野草斩不尽　乍起惊雷一肩挑

　　到了重庆的江姐，恨不得飞身参加战斗，一月中旬，她开始细致地组织这次干部输送。她分别给他们布置沿途交通联络点，嘱买手电筒和胶鞋等农村行路的必需品，并且对他们暗中照顾，以便同时到达指定地点——云阳龙洞乡董家坝。

　　腊月13日（1月20日），江姐一行就聚齐在董家坝，他们潜伏在这里等待山上来人。四五天后，一个寒气袭人的下午，江姐盼望的人来了，他是小卢，但却带来一个不幸的消息——证实彭咏梧已经牺牲。江

江姐雕像

姐强忍巨大的悲痛，以大局为重，反而去鼓励大家。此时他们走不了，就在山上一起讨论、学习毛主席的每一个分析论断，这给大家以极大的鼓舞、智慧和力量，也让大家在山上一样感受到斗争的心情。

"中国人民革命斗争，现在已经达到一个转折点，它将必然地走向全国的胜利。"江姐强调了"转折点"的发生和意义，然后意味深长地背诵："当着天空中出现乌云的时候，我们既指出：这是暂时的现象，黑暗即将过去，曙光就在前头。"她说："这段话就像提着我们耳朵讲的，最重要的是在困难时不失掉信心。"此时的江姐心里百感交集，丈夫的牺牲、革命尚未成功、自己的无奈和对国家的忠诚与坚韧，都让江姐屹立在革命的前线。

江姐：《自万县致谭竹安书》

事实上，在江姐离开渝州后，敌我情况就发生了变化，暴动计划提前到1948年1月8日实行。1月11日，会师青莲乡，于铜钱垭击溃奉节一个保安分队，生俘敌队长，敌军威慑，各路

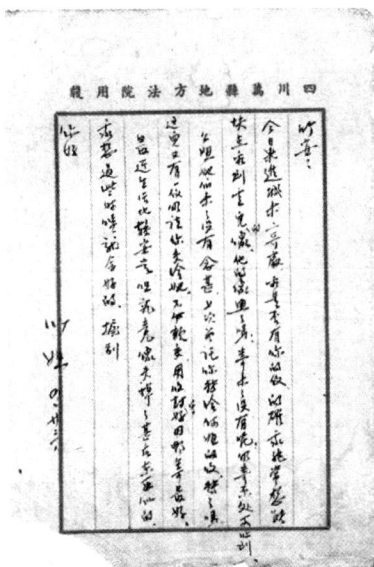

进犯军均后退三四十里，游击队赢得时间，集中老寨子休假3天。彭咏梧和工委研究了形势，一致认为敌已布成四面合围态势，兵力大我10余倍，应该迅速转移到外线作战。16日彭咏梧部于鞍子山与敌正规军581团发生遭遇战，敌强我弱，突围时，彭咏梧英勇牺牲，队伍大受损伤，由王庸带领余部转移到巫溪潜伏，待机再起。

究其根本原因是因为彭咏梧领导的这次暴动由于多数同志没有实战经验，又有轻敌情绪，军事上没有达到预期目的，但给敌人以巨大震动，不得不始终派重兵驻防，虽然牵制了敌人，扩大了党的影响，但也给我军上了深刻的一堂课，让我们认识到不可轻敌，不可过于激进。

江姐于正月初一去看了云儿，触动了她对丈夫的哀伤，抱着云儿痛哭了很久。晚上，江姐和何理立说出彭咏梧已经牺牲的情形，两人抱头痛哭了一场。彭咏梧牺牲后，临委经研究决定要她留在重庆工作，她自己也知道此去有危险，可是她坚持要去："这条线的关系只有我熟悉，别人代替有困难，再说，我也不愿意离开那些死了的与活着的战友，我应该在彭咏梧倒下的地方继续战斗。"临委只好同意她本人的要求，只有她自己知道，她思念丈夫的心理，更加坚定了她要在彭咏梧离开的地方，完成他的遗愿。江姐的决心是如此坚定，在重庆只住了十几天就回到万县，并且把返回重庆的后路都自己斩断了，打算破釜沉舟。少年时曾使她深铭内心的诗句——"风萧萧兮易水寒，壮士一去兮不复还"，正是她此时的写照啊！

江姐到万县后，各方面都有耽搁，不得已，她只好暂时在万县等着。

1948年2至6月这段时间，江姐给谭竹安写了7封信，深刻地反映了一个战士出征未成的心潮起伏（这些信的原件保存在重庆烈士墓展览馆），也深切地表达出了江姐当时急于参加斗争的心理，更加突出了作为一个革命战士为国捐躯的忠诚。

2月27日，她以轻松的笔调写道："我船上那位朋友把我在你那里拿的那本小说丢到河里去了，他说一个女孩子看那种色情小说，这会坏事。我又不好意思不准他丢，可是我太喜欢那本书了，以后有机会，还是给我买一本吧！""小说"是指谭竹安给她的《联共（布）党史简明教程》。这时的江姐已经思考她以后的路该怎么走、要走多远，要跟着彭咏梧的脚步……

3月19日，江姐以烦闷的口气在信上写道："我下来快一个月了，职业无着，生活也就不安定，乡下总

红岩革命纪念馆

是闹匪（敌军剿'匪'），又不敢去，真闷得难受。"因此，她"悼念惨死的四哥，惦记着唯一的孩子，诅咒这无聊的日子"，但是她没有颓废，仍然密切关注着游击队。这个时期的江姐已然对于彭咏梧的死有些招架不住，心理上已经有了不小的打算。

四月中旬，情况已经非常明白，江姐短期内是不能下乡了。临委和地工委便要她暂留万县，在法院会计室当职员，虽然掩护得很好，但是武装起义的失利和爱人的殉难，常使江姐心里隐隐作痛，她一直把这巨大的痛苦深藏起来，不让别人看出。

江姐一直战斗在彭咏梧牺牲的地方，她不无感伤地写道："每逢佳节倍思亲……我呢？还是这样不太快活，也不太悲伤，当然有时也不禁凄然为死了的人而流泪。"她惦念云儿,感谢竹安和幺姐的抚养,领到薪(水)津(贴)后即汇了点钱去,但她的"被子等行李又没有了"。为了不太拖累竹安,她还打算必要时把云儿接到万县。

对于云儿,她有太多的愧疚、太多的不舍、太多的无奈,只是为了革命,她没有办法,因为她是中国优秀的革命儿女。至于今后怎么办?江姐在给竹安弟的信中写道:"你别为我太难过,我知道我该怎样活着,活人可以在活人的心中死去,死人也可以在活人心中活着。"她决心继承彭咏梧的遗愿,在最困难的地方战斗下去,必要的话,就在那里献出自己的生命,做一个能活在别人心中的人。

彭咏梧烈士陵园

江姐给谭竹安的信是谁带出的

一、关于时间

1. 信的落款时间应该没错，若是记错了日子差也就是差个一两天，差十来天的可能性不大。

2. 曾紫霞的出狱时间。地下工作者的出狱入狱时间都不是个人的"私人问题"，而是要如实向组织汇报，组织要经过严格的审查核实，所以是不可能出错的。

二、关于黄茂才

难友们对黄茂才的信任也是逐步建立的，先是试探，然后教育争取，并试着让他带过一些不太重要的信，黄一直没出过问题，难友们才开始信任他的。

解放后黄茂才曾写过一些回忆材料，曾谈到过送这封信，曾紫霞看过这份材料并在下面有批注，曾对黄的回忆并未表示异议。

三、关于江姐其他信件

江姐还有几封信但只有一封是由狱中带出

的，其他几封信主要是江姐在万县了解谭正伦和云儿的生活，以及彭咏梧牺牲后对四哥的深情回忆。在一些回忆和研究文章中有大段的摘录……"四哥，对他不能有任何的幻想了，在他身边的人告诉我，他的确已经死了，而且很惨。'他该活着吧？'这唯一的希望也给我毁了，还有什么想的呢？他是完了，绝望了，这惨痛的袭击你们是无法领略得到的。家里死过很多人，甚至我亲爱的母亲，可是都没有今天这样叫人窒息得透不过气来。你别为我太难过，我知道该怎么样子地活着，当然人总是人，总不能不为这惨痛的死亡而伤心。我记得不知是谁说过，'活人可以在活人的心里死去，死人可以在活人的心中活着……，'"

"……现在我非常担心云儿，他是我唯一的孩子，而且以后也不会再有。我想念他，但是我不能把他带在我身边……你最近去看过他吧？他还好吧？我希望他健康，要是祈祷有灵的话，我真想为他的健康而祈祷。最后我希望你常常告诉我云儿的消息……你愿意照顾云儿的话，我很感激，我想你会常常去看他的。我不希望他吃好穿好，养成一个娇少年，我只希望你们能照顾他的病痛，最好是不要有病痛……"

"……云儿复原了没有呢？没有加重他的病吧？我惦记着云儿是否拖累你们了……若需要他离开的话，我可以把他接来……"

江姐和丈夫彭咏梧及儿子彭云

关于彭云

学生时代的彭云从外表上看，除了脑袋特别大，大家都戏称他为"小老虎"——戴着一副"缺腿"的眼镜以外，没有任何特殊之处，但只要他在公众场合亮相，必然会引起大家注意，造成轰动效应。

江姐所迸发出的精神力量和透射出的理想之光让人震撼，同时也让人们明白了彭云的谦虚和自律来自何处——从1949年至今，时光走过了半个世纪；从重庆渣滓洞、白公馆到北京天安门，共和国已几经天翻地覆。然而无论遭逢什么艰难险阻、曲折坎坷，总是回荡着江姐在绝境中从不绝望的声音："……假如不幸的话，云儿就送你了，盼教以踏着父母之足迹，以建设新中国为志，为共产主义革命事业奋斗到底。"

"孩子们决不可娇养，粗服淡饭足矣。"——这些话深切地把江姐对儿子和亲人难以割舍的深情，都融入其中，让人铭心刻骨。

宁死不屈的共产党员

——革命烈士江竹筠

酷酷严刑钢铁志　铮铮铁骨中华魂

　　不料6月11日，冉益智带着特务在万县杨家街口抓到涂孝文，两天之后，涂就叛变了，他出卖了万县、开县和宜昌的大批同志。13日，雷震没回家，江姐心中已有数，料定他是被捕了，立即作了离开万县的准备。14日，江姐出门碰到了冉益智，她马上警觉起来："你怎么到这里来了？"冉益智支支吾吾地说："三哥……就是老王……他要我来……"三哥和老王指的都是中共川东临委书记王璞。江姐更觉不对，按照地下工作纪律，公开场合不能这样提及领导人的真实姓名。

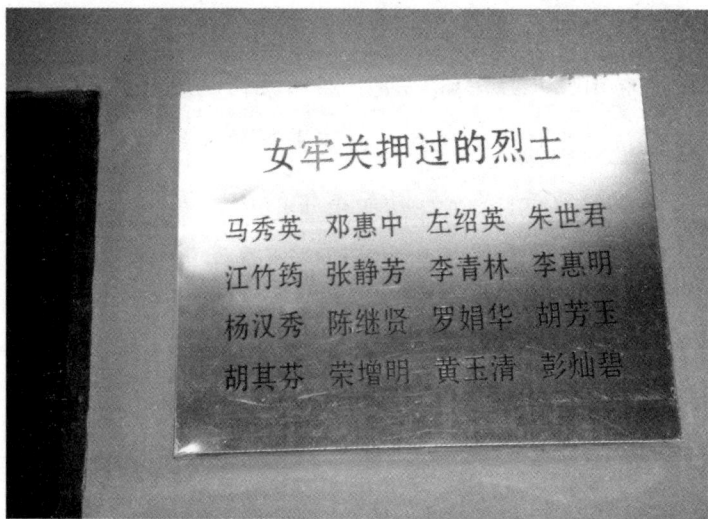

江姐住过的监房

江姐不再理睬冉益智，径直朝前走，冉益智急了，直接跑上前来，双臂一张，拦住江姐的去路，两名特务已经冲了过来，抓住了江姐，将她秘密关在环城路的佛兰西旅馆，并没收查封了她所有的行李，至此，江姐时刻警惕着、防备着的一天来到了，一场历时17个月的严酷斗争开始了。

被囚在佛兰西旅馆内，江姐一直仔细思忖着：是谁出了问题？该怎样保护其余的党组织？江姐思来想去，没有想出什么暴露的同志，江姐本人与重庆组织断得很彻底，没同任何人联系，为什么她和雷震突然被捕了？疑团在心，不得其解，江姐一直在找问题的根本所在。

几小时后，江姐被移往到中统设在万县的特务机关特委会，另有黄玉清、李青林、陈继贤也陆续被押来和她关在一间小屋，江姐才有些明白了，悄悄告诉

江姐受过的酷刑刑具

黄玉清："看来可能是涂孝文叛变了，千万不要承认是党员，不能牵连任何人，不要多说话，硬是不承认，不管

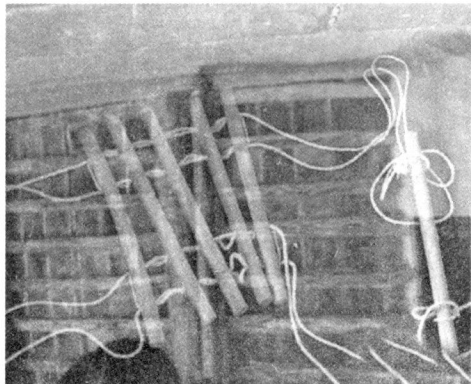

敌人信不信，要敌人相信是不可能的。"至此，江姐已经对事情有些明了了。江姐、李青林、小黄都在中统万县特委会受了重刑，但特务们却什么也没有得到。

15、16日在民贵轮顶层的特舱（大餐间）坐着12个特殊乘客：江姐、雷震、李青等，但是只有涂孝文与众不同，看了这一切，江姐和雷震等都能判断事情是怎样发生的，涂孝文叛变是没有疑问了。江姐紧张思索着如何把消息传出去，让重庆党组织知道，江姐见舱外有人好奇地探看，便对着涂孝文骂道："你这个狗，乱咬人，平白诬赖别人是共产党，你没有好下场。"她的目的是想引起大家注意，奔走相告，党组织就会知道此事。果然，重庆党组织在他们抵渝之时，便知万县出了问题，有关同志都作了必要处理，以免到时候措手不及。

17日下午，江姐被解往老街32号重庆行辕二处，徐远举决定亲自审讯她，因为涂孝文虽出卖了一些地、县委领导人，但对暴动地区的组织领导，却佯称不知，完全推卸在已死的彭咏梧一人身上。当徐远举弄清了江姐是彭咏梧的妻子和助手后，就特别重视，妄图从她口中打开暴动地区的缺口，找到革命的源头和策动者。

审讯在徐远举的办公室进行，特务法官和高级特务沈某坐在徐远举旁边，当班的特务军士搬来了老虎凳、吊索、电刑机器、披麻带孝（有刺的钢鞭）、水葫芦、火背兜、撬杠等多种刑具，摆在室内

监狱二楼牢房走廊

—— 革命烈士江竹筠

宁死不屈的共产党员

两边，制造了恐饰的气氛。江姐被押到徐远举面前，看到这些，她态度十分镇静，不以为然，对那些刑具只轻蔑地斜视了一眼，从容不迫地回答徐的讯问，并表现出蔑视。

徐远举老奸巨猾地向她进行劝降："今天是叫你来交组织的，你不要怕，你是一个妇女，起不了多大作用，只要把组织交了，就给你自新，取保释放也可以，参加我们的工作也可以，只要你老实交代。"

江姐从容地回答道："我在万县地方法院当小职员，单身一人，根本不懂什么组织不组织，领导不领导，根本谈不到这些事，你们应该马上释放我。"

见此情形，徐远举软的不行，马上换一副脸孔威胁道："这是什么地方你要明白，到这里来不交组织是过不去的，冉益智、涂孝文你知道么？彭咏梧是你什么人？"他一连提了十多个问题，都是江姐早已预料到的，她一概回答"不知道"、"不认识"。后来对这类重复的讯问，干脆不予回答，只是坚定地望向远方，因为她知道革命的同志都在努力争取胜利。

徐远举更是火冒三丈，桌子一拍，指着各种刑具大叫道："你看这是些什么东西？今天不交组织就不行，一定要强迫你交。"

江姐回答说："什么行不行，不行又怎么样？我没有组织，马上砍我的头也砍不出组织来的。"

徐远举马上下令："上刑！"

特务随即拿来一把编成一排的特备的四棱新竹筷子，用竹筷子夹她的手指，想撬开她的嘴，特务恶狠狠地问道："交不交？"

江姐坚定地回答："你们可以夹断我的手，杀我的头，要组织是没有的。"

徐远举叫军士再用刑，用力夹，江姐疼得晕过去，这样死去活来反复多遍，她一句话未说。

徐远举要他见见涂孝文，江姐虽受酷刑，神智仍清楚，坚毅地说："涂孝文是个流氓，为他一条狗命平白陷害好人，我不见这个下流东西，我也老实告诉你，要我的命，有；要我的组织，没有。"这让徐远举既气愤又无奈，暂时又不能杀死江姐，于是，徐远举又暴跳起来，（对军士）嚎叫着："再不说就把她吊起来！"

特务军士拿起了一根又粗又长的麻绳，向江姐吼道："快交组织！"

她瞟都不瞟一眼，愤恨地扬扬头："吊就吊，要组织没有，我没有什么可说的！"

从上午9点到12点，用刑了半天，徐远举用尽残酷狡诈手段，一无所获，狼狈不堪，只好自己转弯："下午再吊，带下去。"

宁死不屈的共产党员

　　直到傍晚时分，特务才把江姐架回渣滓洞监狱牢房。江姐的十指血肉模糊，明明白白地显示出她的坚贞不屈，当时，也不知道是谁，情不自禁地喊出一声："江姐！"从那以后，难友们改口喊她"江姐"，对她充满敬意！

　　隔上次侦讯后不到一个星期，张界和二处侦讯组长陆坚如奉徐远举之命，到渣滓洞监狱对江姐进行了一整天的轮番刑讯。讯问的内容仍与上次相同，主要是逼她交出暴动地区的组织情况，用刑的方式却更加狠毒：张界知道她的手指刑伤未愈，认为在创伤处再施同样的刑，必定更难忍受。可惜她不了解江姐是一个甘为革命牺牲生命的中华儿女，这点苦痛算什么？

　　江姐已经做好一切准备，包括牺牲，她在酷刑和死亡面前毫不畏惧，沉着坚定。旧伤未愈的手指又被竹筷子反复猛夹时，她咬紧牙关，汗流满身，蹲下去又站起来，还不停地高声痛骂敌人，被折磨了大半天，已经筋疲力尽时，又被残酷地在指缝间换上新的竹筷子，痛得她顿时昏过去，被凉水浇醒后，她就厉声斥责：“你们简直是一群野兽……杀了我也不知道什么组织……你们是枉费心机，永远也达不到你们的目的！”这种气概才是革命同志的坚贞和不渝的体现。

特务们的嚎叫和她的怒骂混成一片，站在走廊的难友们都能隐约听见江姐的声音：“你们这些丧尽天良的家伙，不是说还有更厉害十倍、百倍的刑具吗？请吧！拼一条命给你们整……”接着声音又低沉下去。只听特务在喊：“把老虎凳搬过来！把辣椒水拿来……”大家

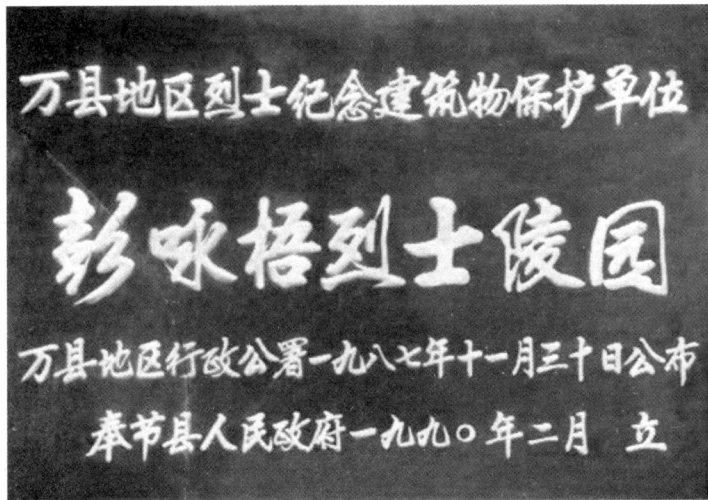

都很敬佩江姐的气节和意志，也都坚定了信念，自己也要像江姐一样，誓死保护共产党、保护国家。

　　特务们见她在辣椒水、老虎凳面前视死如归，毫无惧色，心里冷了大半截。他们明知无能为力了，但仍不甘心失败，喊来了叛徒涂孝文与她当面对质，江姐一见叛徒，就喘着气痛骂："你这条恶狗，乱咬人……你陷害好人，我变鬼也要找你算账……"陆坚如催涂孝文说话，涂低头不语，特务们黔驴技穷，只得收场。

　　江姐胜利了，她又回来了。她手上滴着鲜血，脚、腿上带着刑后的伤斑，甩开特务军士的挟持，艰难地向女牢走去。

老 虎 凳

　　反关节酷刑中最著名的莫过于老虎凳，这是中国特有的酷刑。膝关节在人体四肢各大关节中活动范围最小，两端大腿小腿的长度有利于施刑者用杠杆原理，以较小的力度强迫受难者。反关节使用老虎凳的关键点一是使受难者处于坐姿，这样会加重腿部韧带的牵拉力度，而仰卧的姿势由于髋关节的放松，连带腿部韧带放松，会减弱痛苦程度；二是腿部捆绑在膝盖上的大腿部，而不是以下部位。因为老虎凳的作用在于牵拉受难者腿部的关节韧带和造成膝关节脱臼，不在于折断受难者的小腿。因为折断小腿腓骨需要很大力量，痛苦时间短不符合施刑者既要折磨受难者又自己省力的要求。令受难者赤脚，往往是为在使用老虎凳同时对脚心用刑。据史料记载，受难者坐老虎凳一般垫上3块砖时就会大汗淋漓，5块砖时膝关节完全脱臼，人会昏厥。施刑者通常每加一块砖后会暂停一会，令受难者的痛苦持续一段时间后再加重用刑力度。女性的韧带通常比男性柔软，所以她们在老虎凳上的受难时间会更长，往往要加到6块砖时才昏厥，记载最长的有八块砖，这大概与砖的厚度不同有关。在使用老虎凳时，会出现受难者大腿骨被折断的情况，这与施刑者对用刑力度掌握不当和腿部捆绑位置过高、松紧程度不当等因素有关。绳索捆绑并不是越紧越好，而是以受难者腿部不能活动为限度。渣滓洞女烈士李青林大腿骨被老虎凳折断，就是在县城被捕受刑时，那里的施刑者过于急躁造成的。江姐在渣滓洞监狱受难时也坐过老虎凳，就没有出现断腿的情况，这是两地施刑者用刑"水平"的不同。用刑"正确"的话，受难者最多只是膝关节脱臼，腿骨不会折断。有过这样的记载：施刑者在受难者昏厥苏醒后，将她从老虎凳上解下来，由两个身强力壮的施刑者架着她强行跑步，以增加她膝关节的痛苦，如果大腿骨被折断，就难以继续用刑了。

浩气雄节扬大海　丹心碧血染红岩

经过一整天的严刑逼供，江姐已经被折磨得人都变了形，被夹烂的10个手指，过度的伤痛近乎麻木了，但她心里充满着胜利的豪情，艰难地走进监狱的院坝。监牢的难友都向她致意，女囚室的几个女同志用冷盐开水洗净了她手指的伤口，用狱中能够弄到的红药、布条，进行了简易的消毒和包扎，这让江姐的心里也温暖许多。

同志们看见她受伤的手指，看见她痛楚而又坚毅的神态，一个个哽咽欲泣，心疼地说："江姐，你又受苦了！江姐，你好一点了吗？快躺下好好歇歇！"这天晚上，在渣滓洞牢房，大家自己拿出很多慰问品偷偷送给江姐，它们都包含着难友们金子一般的

渣滓洞监狱里的岗楼

情意，江姐感动地对大家露出诚挚而疲惫的微笑。

江姐用自己的行动教育了全体难友，难友们也用革命热情支持和鼓励了江姐。渣滓洞监狱的二百多难友形成了革命的战斗集体，他们都知道，江姐虽然是坐牢了，但她是真正的胜利者，特务和叛徒虽然猖獗一时，但在她面前实在太渺小、太可耻了。大家都像诗人蔡梦慰所写的：

一手持着信仰的盾牌，
一手挥着意志的宝剑。

江姐为党为国的求死之心，是这些反动派永远无法企及的，也因为彭咏梧死了，江姐也死心了，徐远举也就不得不从此结束了对江姐的侦讯。过些时，脚镣取了，刑伤愈了，还不见敌人对她下手，种种迹象让她感到宽慰，深信狱外的同志会克服困难，继续进行斗争并发展暴动地区的武装力量，这也是最令江姐欣慰的一点。

每当人们赞扬江姐顽强对敌的精神，她总是说：

"我算不了什么。"在狱中，江姐尽管受到大家的颂扬和爱戴，但她一直保持着以往的那种谦逊态度，把自己看做是平凡的一员，与难友们亲密无间，有说有笑，积极乐观，对革命胜利满怀信心，江姐用积极的心态带领大家一起向往、期盼革命的胜利。

渣滓洞里囚禁的多数是共产党员和党外共产主义战士，由于长期坐牢，有充裕的时间，精神食粮成为他们最迫切的需要。在极端困难的条件下，他们想尽一切办法学习革命理论和文化科学知识，以备将来为革命事业贡献更大的力量。为了帮助难友们学习，有的遭到狱吏毒打，有的被加上重镣，难友们千方百计刻苦学习的精神，创造了许多奇迹。江姐趁此机会帮助难友学习党的政策、分析党的形

现代京剧《江竹筠》剧照

势，带领大家一起在监狱学习革命理论。

想要学习就要有书，但是书从何来？这是最大的困难，好在江姐和一些难友都曾熟读过毛泽东的《新民主主义论》和刘少奇的《论共产党员的修养》，江姐提议共同回忆然后默写下来，她们你背一段，我背一段，硬是从脑里找出了这两本书，供大家学习，江姐默写得最多，大家都十分佩服她，并且跟着她一起学习。

1949年11月14日，女牢难友为人民解放军向西南胜利进军而欢欣鼓舞，有说有笑。这时，一群武装特务凶神恶煞地出现在女牢门口，高叫："江竹筠、李青林赶快收拾行礼，马上转移。"江姐揣测可能是敌人要杀害她们，她毅然地跨出牢门，搀扶着受刑断腿的李青林，向站在门口凝望的难友挥手告别，坚毅地望向前方，缓缓走去。

江姐被押往刑场的途中，坚贞不屈、无惧无畏，她想演说，然而没有听众，她把千言万语凝结为两句响亮的口号："中国共产党万岁！打倒反动派！"同行的难友们跟着江姐一齐高呼口号，声音穿越山岭，刽子手们被吓慌了，还未到达杀场，就射出了罪恶的子弹。在坚毅的目光和响亮的口号中，中华民族的优秀儿女、中国共产党的优秀党员江姐等31位革命英烈倒在血泊里了！烈士们的鲜血，涂染了红岩、装点了祖国江山，使党的旗帜更鲜艳了！

江姐这位看似文弱的女性有那样坚强的表现，是由于对旧社会及其代表国民党反动派的极度仇恨，也是由于对共产党领导的新中国的无限向往。当新中国的五星红旗在天安门升起时，她和渣滓洞里的难友们虽不知国旗的图案，却也以憧憬的心情商议着绣制这面代表解放的旗帜——尽管她们知道自己已看不到胜利的那一天。当江姐路过城门时突然看到丈夫头颅，一时心如刀绞，为防旁边的敌人发现，还要表现得镇定自若，在江姐身上，寄托了革命的英雄主义和革命的浪漫主义两种精神的融合。她是一位坚强的战士，

也是一个好妻子和好母亲，最后为了革命事业又舍弃
了她难舍的一切。

　　江姐在临刑之前还写下了一封托孤遗书，是写给
安弟（江姐的表弟谭竹安），当时江姐是用筷子磨成竹
签做笔，用棉花灰制成墨水，写下这封遗书，信里满
载着江姐作为一名母亲，对儿子浓浓的思念之情，这
封遗书现在保存在重庆三峡博物馆。

　　2007年11月14日，在江姐牺牲58周年这天，这
封人称"红色遗书"的文物终于向世人揭开尘封已久
的秘密，展示了江姐鲜为人知的柔情一面。这封遗书
是江姐写给表弟谭竹安的，约十二厘米左右，纸面粗

糙，因年代久远，已开始泛黄。"这是江姐就义前最后的一封信件。"三峡博物馆工作人员表示，江姐既是一位革命者，同时也是一位普通女性、一个孩子的母亲，她在信中屡次提到儿子彭云。工作人员说，人们都认为革命战士是钢铁铸成的，其实英雄也有温柔的一面，江姐在生命的最后时刻，除了革命事业外，最牵挂的就是自己的孩子，"遗书字迹相当潦草，不时出现涂改墨迹，可见当时江姐心中对孩子的牵挂之情。"

彭咏梧烈士陵园中的雕像

渣滓洞院子里的感化标语

　　在阴森恐怖的渣滓洞监狱里，江姐是怎样悄悄写下遗书，又是怎样把遗书送出监狱的？三峡博物馆有关人士揭开了谜底。

　　当时，江姐住在渣滓洞监狱女二号牢房，工作人员说，在遇难前两个月，江姐给表弟谭竹安写下了这封遗书。当时，监狱中对犯人的控制十分严密，江姐根本无法弄到笔墨写信，后来江姐偷偷藏起一根竹筷，在看守不注意的时候，把竹筷一端磨尖当笔，然后拆开棉被，把一些棉花烧成灰，调些清水，就成了墨水，用自制的笔墨，江姐在一张草纸上写下了此信。遗书写好后，江姐通过一个看守，悄悄

把信带出了监狱，辗转交给了她的表弟谭竹安。解放后，谭竹安将这封宝贵的遗书交给了博物馆并保存至今。

2009年9月14日，她被评为100位为新中国成立做出突出贡献的英雄模范之一。江姐她因为有了远大的理想、坚定的信念、执著的追求和无私的奉献，才会使她成为一位女英雄。直至今日，江姐的气节和意志仍是我们一代代人学习的楷模，她的精神将永远回旋在整个中国的上空。

渣滓洞

　　渣滓洞原为人工采煤的小煤窑，因煤少渣多而得名。它三面环山，一面临沟，地形隐蔽。

　　1943年白公馆被改为"中美合作所"第三招待所，所关押"政治犯"迁此，于1947年4月迁回。

　　1947年12月，关闭半年多的渣滓洞作为重庆行辕二处第二看守所重新关人。关押人员来源主要有1947年"六一"大逮捕的"要犯"、《挺进报》案和"小民革"案中的被捕人员。上下川东武装起义失败后的被捕起义人员，最多时达三百多人。江姐、许建业、余祖胜等烈士曾在此关押过。

　　1939年在重庆磁器口设立。

　　1939年军统特务逼死矿主，霸占煤窑及矿工住房，改设为集中营。

　　1943年后改为中美合作所第二看守所。

　　1949年11月底重庆解放前夕，囚禁于此的二百多位革命志士被杀害。

　　1949 年 11 月 27 日，解放军已经解放了四川大部分地区，国民党开始屠杀被关押的人员，因渣滓洞的看守人员不够，将白公馆的看守人员也调去，只留下一名看守人员，《红岩》的作者罗广斌等做看守的工作，狱友跟他讲明形势，并说如果放了他们，他们给他作证，会得到政府的宽大处理。看守将他们放了出来后，他们跑到监狱外边的山上躲了起来，才没有遭到国民党的屠杀。

渣滓洞监狱

宁死不屈的共产党员
——革命烈士江竹筠

江 姐 遗 书

江姐临刑前，未能留下遗嘱，但在七十多天前，同室难友曾紫霞出狱时，帮她带出了一封信。那封信表达了她对共产主义的虔诚信仰，对党和人民的热爱；也表达了她对亲人同志的关怀和对后代的殷切期望。现将原信全文照录于后，作为她的遗书献给读者：

竹安弟：

友人告知我你的近况，我感到非常难受。幺姐及两个孩子给你的负担的确是太重了，尤其是现在的物价情况下，以你仅有的收入，不知把你拖成什么样子。除了伤心而外，就只有恨了，我想你决不会抱怨孩子的爸爸和我吧！苦难的日子快完了，除了这希望的日子快点到来而外，我什么都不能兑现。安弟，的确太辛苦你了。

我有必胜和必活的信心，自入狱日起，（去年六月被捕）我就下了两年坐牢的决心，现在时局变化的情况，年底有出牢的可能。蒋……的来渝，固然不是一件好事，但是不管他如何顽固，现在战事已近川边，这是事实，重庆再强也不能和平、津、穗相比，因此大方地给它三四个月的活命就会完蛋的。我们在牢里也不白坐，我们一直是不断地在学习，希望我俩见面时你更有惊人的进步，这点我们当然及不上外面的朋友。

话又得说回来，我们到底还是虎口里的人，生死未定。万一他作破坏到底的孤注一掷，一个炸弹两三百人的看守所就完了。这种可能性我们估计的确很少，但是并不等于没有，假如不幸的话，云儿就送你了，盼教以踏着父母之足迹，以建设新中国为志，为共产主义事业奋斗到底。

孩子们决不要骄养，粗服淡饭足矣。幺姐是否仍在重庆？若在，云儿可以不必送托儿所，可节省一笔费用，你以为如何？就这样吧，愿我们早日见面，握别，愿你们都健康！

来友是我很好的朋友，不用怕，盼能坦白相谈。

竹姐

8月17日

中华魂·百部爱国故事丛书

提　要

《誓与禁烟相始终——民族英雄林则徐》

林则徐严禁鸦片，坚决抵抗西方列强的侵略，坚持维护国家主权和民族利益。他是中国近代历史上第一位睁眼看世界的人，是抗击帝国主义殖民侵略的第一人，是中华民族抵御外侮过程中伟大的民族英雄。

《血洒虎门御敌寇——抗英将军关天培》

民族英雄关天培，在第一次鸦片战争中为了抗击英国侵略者的入侵而血洒虎门，为国捐躯，谱写了一曲可歌可泣的英雄赞歌。关天培用他的生命，书写了中国人民反抗外侮的历史。

《威震镇海靖节魂——抗敌英雄裕谦》

在第一次鸦片战争期间的众多牺牲者中，有一位官阶最高，他就是两江总督裕谦。裕谦与外国侵略者斗争立场坚定，与国内妥协派、投降派斗争态度坚决。裕谦督战镇海，与英国侵略军浴血奋战，临危不惧，以身报国，浩气长存。

《斩邪留正解民悬——太平天国领袖洪秀全》

农民出身的洪秀全，从失意文人到起义领袖，经历了长期的思想演变过程，在外敌入侵、清朝政府腐朽的历史环境之下，顺应时代的潮流，成长为一位非凡的历史英雄人物，建立了与清朝政府相抗衡的农民政权——太平天国。

《仰承汉唐　荟萃中外——近代数学家李善兰》

李善兰是我国19世纪重要的科学家之一，在数学、天文学、力学等方面都有重大建树。他继承了我国古代数学的成就，又以极大的热情传播西方科学文化，"仰承汉唐，荟萃中外"，把自己的一生献给了科学事业。

《严谨治学　勇于探索——近代著名数学家华蘅芳》

华蘅芳，中国近代数学家之一。其精通中国古算学，并熟练掌握西方近代数学，是中国验证抛物线并著书立说的参与者。为了证明"外国有的，中国也能造"而鞠躬尽瘁，在引进西方科学技术、传播科学知识上贡献卓著。

《折冲樽俎护山河——近代著名外交家曾纪泽》

曾纪泽是中国近代史上著名的爱国外交家，在中俄伊犁交涉事件中，他秉承抵抗列强、保卫国家的坚定意志，利用外交手段全力同沙俄抗争，捍卫了国家主权、民族尊严，收回了祖国的领土，在近代中国外交史上留下了光辉的一页。

《甲午海战留英名——民族英雄邓世昌》

邓世昌，北洋水师名将。本书以邓世昌的成长过程为线索，以代表性的历史故事为主要内容，还原真实的历史事件，突出鲜明的人物性格。邓世昌因在中日甲午海战中突出的英雄气概而名垂史册，书写了伟大的爱国主义篇章。

《誓与舰队共存亡——北洋水师提督丁汝昌》

丁汝昌处在清朝政府的腐朽和李鸿章的专断下，难以施展爱国的抱负，壮志未酬，愤恨而终。但丁汝昌为建立近代海军作出的巨大贡献，带领北洋舰队爱国官兵勇抗强敌的英雄事迹，将永远为后代所传颂。

《镇南关上凯歌扬——抗法老英雄冯子材》

1885年中法战争中，年逾古稀的冯子材为抵御外国侵略，勇赴国难，大败法军于镇南关，并乘胜追击，接连收复文渊、谅山等地，从根本上扭转了中法战争的局面，成为近代民族英雄的杰出代表。

《屡败法军逞英豪——黑旗军将领刘永福》

刘永福是黑旗军的创建者，是农民出身的杰出军事家、政治活动家。在19世纪发生的援越抗法、中法战争中，他率部与帝国主义侵略者进行了殊死的战斗，建立了卓越的功勋，成为我国近代史上著名的民族英雄，为后世所景仰。

《矢志变法强国家——戊戌变法领袖康有为》

康有为是清末民初最有影响力的思想家之一。他领导了中国知识界的启蒙运动，掀起了一场自上而下的政体改革。他最早在中国提出了立宪政体和具体的宪政方案，主张在坚持儒家传统和帝制的前提下，学习西方经验，他的进步思想对近代中国具有深远的影响。

《开民智以报国　普新知而图强——戊戌变法思想家梁启超》

梁启超，中国近代史上著名的政治活动家、启蒙思想家、史学家、文学家，戊戌变法领袖之一。本书以百日维新思想家梁启超的成长过程为线索，以代表性的历史故事为主要内容，还原真实的历史事件，突出鲜明的人物性格。

《我自横刀向天笑——维新志士谭嗣同》

谭嗣同在民族危机的严重时刻，投身改革救中国的洪流。为了带给祖国一个光明的未来，紧要关头，他挺身而出，用自己的鲜血激励后人，把宝贵的生命献给了变法事业。

《睡乡敢遣警世钟——用生命警策国人的陈天华》

陈天华是民主革命的活动家和宣传家。他写的《猛回头》《警世钟》等书，起到了革命启蒙的重大作用。为了激发留日学生的爱国情怀，他不惜投海自杀，演出了近代史上感人至深的一幕，给后人留下了难忘的印象。

《革命军中马前卒——民主斗士邹容》

革命乃"至尊极高，独一无二，伟大绝伦之一目的"；它是"天演之公例，世界之公理，顺乎天而应乎人"的伟大行动。因此，必须"仗义群兴革命军"。他激情高呼："革命独子万岁！中华共和国万岁！"这就是《革命军》的作者，中国近代著名资产阶级革命宣传家邹容。

《休言女子非英物——鉴湖女侠秋瑾》

为民族解放和妇女解放而英勇斗争的秋瑾，冲破封建礼教的思想牢笼，打碎封建精神枷锁，崇仰真理，追求光明，主张共和，坚持男女平等，最终献出了自己年轻的生命。

《血溅校场　杀身成仁——民主斗士徐锡麟》

本书讲述了反清志士徐锡麟弃文从武、投身反清革命事业，最终被清政府杀害的故事。出于对国家的热爱，徐锡麟献出自己的生命，他的事迹将永远激励后人深切缅怀这位民主革命的先驱。

《生可死耳　我志长存——献身民主的禹之谟》

禹之谟，民主革命党人，同盟会会员，近代资产阶级革命家、实业家。1886年，20岁的禹之谟"提三尺剑，挟一卷书"游历四方，研究西方社会政治学说，忧国忧民之心日趋强烈。戊戌变法失败，他丢掉改良幻想，倡革命救亡之说，走上民主革命道路。

《物竞天择　适者生存——资产阶级启蒙思想家严复》

严复是中国近代著名的启蒙思想家、翻译家和教育家。他长期从事教育和翻译事业，为近代中国人才培养和思想启蒙做出了重要贡献，同时他也为中国的翻译事业和中西思想文化交流做出了重要贡献。

《辛亥革命急先锋——资产阶级革命家黄兴》

黄兴，清末民初资产阶级革命家，中华民国开国元勋。黄兴在武昌首义及辛亥革命时期的爱国表现，与孙中山闻名于当时，常被时人以"孙黄"并称。本书以资产阶级革命活动实干家黄兴的成长过程为线索，歌颂了先辈伟大的爱国主义精神。

《矢志革命　百折不回——近代民主革命家廖仲恺》

廖仲恺追随孙中山踏上了创立民国与捍卫共和制的旧民主主义革命

之路；在新民主主义革命时期，他为建立、巩固首次国共合作和实施三大政策，英勇奋斗，为国殉职，洒尽了一腔热血。

《将军拔剑南天起——护国英雄蔡锷》

蔡锷是中国近代史上的杰出军事家、爱国者。他的一生短暂而伟大。辛亥革命爆发，他毅然投身于革命洪流之中，领导云南重九起义，对武昌起义积极响应。袁世凯窃国复辟、恢复帝制的阴谋暴露出来以后，他又毅然举起了武装讨袁的旗帜。

《反帝反封建运动——五四青年的爱国故事》

五四运动是一次伟大的反帝反封建的爱国运动；是一个伟大的历史转折点；是中国人民的斗争从挫折走向胜利的一个关节点，它为中国的前进开辟了一条全新的道路，拉开了中国新民主主义革命的序幕。

《思想自由　兼容并包——著名教育家蔡元培》

蔡元培是中国近现代著名的民主革命家和教育家，一生经历风雨，却始终信守爱国和民主的政治理念，致力于废除封建主义的教育制度，奠定了我国新式教育制度的基础，为我国教育、文化、科学事业的发展做出了富有开创性的贡献。

《为国家争光　为民族争气——中国铁路之父詹天佑》

詹天佑是我国最早的杰出铁道工程师，因主持建造京张铁路而闻名中外，被誉为"中国铁路之父"。他为祖国的铁路事业贡献了毕生的精力。本书向读者展示了詹天佑热爱祖国、科技兴国的辉煌人生。

《实业救国　衣被天下——轻工之父张謇》

张謇是爱国实业家、教育家。他年轻时中过状元。过了40岁，开始投身工商实业活动中，他的名言是"富民强国之本在于工"。在南通，创办大生丝厂、银行等各种实业。并将创办实业的大部分所得投入教育。他的观点是，教育和实业一样，也是"富强之大本"。

《心向革命　追求光明——平民将军冯玉祥》

冯玉祥将军"是一位从旧军人转变而成的坚定的民主主义战士"。

抗日战争期间，他辗转各地，用实际行动积极抗战。日本战败投降后，他为了断绝美国的援蒋内战，又在美国四处演说，揭露蒋介石统治之黑暗，痛斥美国阴谋分裂中国的不良行为。

《刑场上的婚礼——革命烈士周文雍 陈铁军》

周文雍是广州起义的主要领导人之一。陈铁军出身于华侨商人家庭，却毅然投身革命洪流。1928年1月，两人接受派遣，回到广州假扮夫妻从事革命斗争，却不幸被捕。临刑前，两位烈士将敌人的枪声当作自己婚礼的礼炮，用生命和爱情谱写出一曲千古绝唱。

《星星之火 可以燎原——井冈山斗争的故事》

1927—1929年，毛泽东、朱德等老一辈革命家，在井冈山创建了农村革命根据地，进行了艰苦卓绝的斗争，建立了新型革命武装，点燃了工农武装革命之火，找到了农村包围城市最后夺取政权的中国革命的正确道路。

《新民学会的主要发起人——中国共产党早期革命家蔡和森》

蔡和森青年时期曾与毛泽东等人一起组织进步团体新民学会，参加五四运动，并在赴法国勤工俭学时研读大量马克思主义著作，回国后以满腔热忱投身革命事业，成为中国共产党早期重要的理论家和宣传家。

《威震黄浦江畔 高奏抗日壮歌——一·二八淞沪抗战》

面对日本侵略者的挑衅，十九路军在蒋光鼐、蔡廷锴的带领下，高举义旗，奋力一搏。一·二八淞沪抗战，是中国军人捍卫军人荣誉和祖国尊严所发出的吼声，谱写了一曲抗击日军侵略的英雄壮歌。

《将军恨不抗日死——慷慨就义的吉鸿昌》

在国难深重的20世纪30年代，吉鸿昌将军因拒绝执行国民党指示，坚决不打内战，被迫携眷出国"考察"。回国后，他加入中国共产党，组织了民众抗日同盟军，英勇打击日本侵略者，后于1934年11月被国民党反动派杀害。

宁死不屈的共产党员

——革命烈士江竹筠

《献身革命　甘于清贫——梅岭忠魂方志敏》

大革命失败后，方志敏凭着"两条半步枪"起家，身经百战，创建了赣东北革命根据地和红十军。本书真实记录了方志敏投身于革命、领导红军和敌人进行艰苦卓绝斗争的经历，歌颂了烈士贫贱不移、威武不屈、献身革命的高尚品质。

《奏响中华最强音——人民音乐家聂耳》

聂耳在他有限的生命中创作了数十首革命歌曲，在抗日救亡运动中，聂耳的这些歌曲产生了广泛深远的影响。他的音乐创作为中国无产阶级革命音乐的发展指明了方向，树立了榜样。

《横眉冷对千夫指——中国文化革命主将鲁迅》

鲁迅不但是伟大的文学家，而且是伟大的思想家和伟大的革命家。在那风雨如晦的黑暗年代里，他以笔为投枪，同一切帝国主义和反动派进行了顽强的战斗，为中国人民树立了一个不朽的丰碑。他是新文化战线上的一面光辉旗帜，是我们伟大民族的灵魂。

《铁流两万五千里——红军长征的故事》

红军长征是人类历史上的一次伟大的壮举。第五次反"围剿"失败后，中国工农红军的三大主力在极端艰难的条件下，突破国民党军队的围追堵截，进行了史无前例的战略大转移，总行程达两万五千里以上。途中发生了许多动人故事，至今令人难以忘怀。

《荣辱不移革命志——创建陕北红军的刘志丹》

刘志丹是杰出的无产阶级革命家、军事家，西北红军和西北革命根据地的主要创始人之一。他一生热爱人民，追求真理，英勇善战，百折不挠，艰苦奋斗，忠心赤胆，为创建红军和革命根据地、为中国人民的解放事业建立了不可磨灭的功勋。

《英名永存北平城——爱国将领佟麟阁　赵登禹》

1937年7月28日，日军向北平郊区发动进攻。第二十九军副军长佟麟阁奉命在南苑率部与日军苦战，腿部受伤，头部被敌机炸伤，壮烈殉国。第一三二师师长赵登禹指挥部队顽强抵抗日军，右臂中弹负伤，仍继续作战。后在转移途中遭日军截击而牺牲。

《八百壮士　四行仓库铸军魂——谢晋元和他的战友们》

八一三抗战，中国军人以血肉之躯揭开全面抗战的帷幕。这是一场血战，是中国军人不屈不挠的英雄诗篇，其中的八百壮士守四行，成为这首英雄颂歌中最动人、最凄美的音符。一曲四行保卫战，铸就了不屈的军魂。

《八女投江　气贯长虹——八位抗联女战士》

抗日战争时期，以冷云为首的东北抗日联军8名女战士，为捍卫民族尊严，面对凶残的日寇，镇定自若，宁死不屈，投江殉国，表现了中华民族同敌人血战到底的英雄气概。她们的光辉形象，激励着千千万万的后来人。

《艰苦抗战　威震敌胆——著名抗日英雄杨靖宇》

杨靖宇将军是我国著名的抗日民族英雄。曾先后担任磐石游击队政治委员、东北抗日联军第一军军长兼政委、抗日联军总司令等职。领导军民对日寇坚持了长达9个年头的艰苦卓绝的斗争，最终以身殉国。

《死也不当亡国奴——镜泊抗日英雄陈翰章》

陈翰章，从1932年8月投笔从戎，直到1940年12月8日为抗击日本侵略者，战死在镜泊湖畔。他在抗日疆场上奋战了九年，他那可歌可泣的英雄事迹将为人们永世传颂。

《名将殉国　气壮山河——抗日将军张自忠》

著名抗日将领、民族英雄张自忠，生于忧患的时代，抱有"宁为百夫长，胜作一书生"的志向，经历过失败与低谷，最终成就了慷慨人生。本书主要以人物活动为主，勾画出一个真正的"民族魂"鲜活的人生，会带给读者振奋的力量。

《宁死不辱战士名——狼牙山五壮士》

1941年日寇在河北易县"扫荡"。为掩护群众和主力部队撤退，五位八路军战士毅然把敌人引上了狼牙山棋盘坨峰顶绝路。弹尽粮绝、无路可退，五位英雄纵身跳下了万丈悬崖，用生命和鲜血谱写出一曲惊天地泣鬼神的壮举。

《太行浩气传千古——抗日名将左权》

左权，中国工农红军和八路军高级指挥员，著名军事家。是八路军在抗日战场上牺牲的最高指挥员。名将阵亡，太行山为之垂首，全党为之悲痛。周恩来称他"足以为党之模范"，朱德赞誉他是"中国军事界不可多得的人才"。

《虎将兴关外　抗倭统雄师——抗联英雄赵尚志》

本书描写了久经考验的共产党员、东北抗联的创建者和主要领导人赵尚志，在艰苦卓绝的条件下，坚持抗战，威震敌胆，战功卓著，忍辱负重，忠贞不屈，为国捐躯的英雄故事，为青少年读者呈上一部爱国主义的佳作。

《黄埔之英　民族之雄——抗日名将戴安澜》

抗日名将戴安澜，先后参加保定、漕河、台儿庄、武汉、昆仑关等战役，作战英勇，屡建奇功；入缅作战，"扬威国外，藉伸正义"；守东瓜，复棠吉；殒身缅北，遗恨丛林，马革裹尸，成就了光辉的一生。

《爱国志士　民主先锋——新闻出版家邹韬奋》

本书讲述了邹韬奋献身新闻出版事业的奋斗历程，展现了一位新闻工作者坚定的革命信念和炽热的爱国主义精神，全心全意为人民服务、为读者服务的奉献精神，歌颂了他的高尚情操和优良品质。

《为抗战发出怒吼——人民音乐家冼星海》

人民音乐家冼星海，青年时期在巴黎求学，饱尝屈辱与磨难；学成后毅然回到多灾多难的祖国，用满腔热忱谱写激昂的音乐，鼓舞中华儿女的斗志；奔赴延安，谱写出不朽的名作《黄河大合唱》，发出中华民族抗日救亡的怒吼。

《全民皆兵　抗击日寇——抗日战争的故事》

中国人民进行的十四年抗战，是一百多年来中国人民反对外敌入侵第一次取得完全胜利的民族解放战争。这场战争是以国共两党合作为基础，有社会各界、各族人民、各民主党派、抗日团体、社会各阶层爱国人士和海外侨胞广泛参加的全民族抗战。

《捧着一颗心来　不带半根草去——人民教育家陶行知》

陶行知是我国现代教育史上伟大的人民教育家、教育思想家。他从青年起就立志献身教育事业，以"捧着一颗心来，不带半根草去"的赤子之心，为人民的教育事业鞠躬尽瘁。

《为民主与和平拍案而起——民主斗士闻一多》

闻一多早年与梁实秋等人发起成立清华文学社。赴美留学期间由对祖国的深深眷恋而创作著名的《七子之歌》。后在西南联大任教8年，积极投身于抗日运动和争取民主的斗争，发表了著名的《最后一次讲演》。

《铁窗难锁钢铁心——革命先烈王若飞》

王若飞是我党早期杰出的无产阶级革命家。在艰苦卓绝的斗争中，他出生入死，屡建奇功，以超人的睿智和胆略，在敌人的监狱中，同敌人展开了殊死的较量，为抗战的胜利和新中国的诞生做出了卓越的贡献。

《横扫千军　还我河山——抗联名将李兆麟》

李兆麟是东北抗日联军创建人之一，他率领抗日联军历尽千难万险与日本侵略者浴血奋战，在极其艰苦的条件下，保存了抗日联军的有生力量，为东北光复做出了重大贡献。

《锄头开出新天地——解放区大生产运动》

为了解决困难，渡过难关，党中央号召党政军民齐动手，开展大生产运动。中国共产党在其控制区域内发动的一场军队屯田和鼓励生产的群众运动，达到了自己动手丰衣足食，共度难关，既进行革命又进行生产自足的目的。

宁死不屈的共产党员
——革命烈士江竹筠

《生的伟大 死的光荣——女英雄刘胡兰》

刘胡兰，坚贞不屈的少年女英雄。生前对我国劳动人民的解放事业无限忠诚，在敌人威胁面前，大义凛然，毫无惧色，英勇牺牲，表现了共产党员的高贵品质。

《饿死不领美国救济粮——爱国知识分子的楷模朱自清》

朱自清作为爱国知识分子的典型，以锐利的笔锋直言痛斥反动政府的暴行，体现了他崇高的爱国情怀和不畏恶势力的精神品格。毛泽东曾给朱自清先生以高度评价："一身重病，宁可饿死，不领美国的'救济粮'"，"表现了我们民族的英雄气概"。

《为了新中国前进——舍身炸碉堡的董存瑞》

伟大的英雄，中国人民的儿子董存瑞，从儿童团长成长为一名光荣的解放军战士，在1948年解放隆化县城时，舍身炸碉堡，为新中国献出了自己年轻的生命。他的英雄形象永远留在人民心里。

《宁死不屈的共产党员——革命烈士江竹筠》

江竹筠，就是著名的江姐。1947年春，她负责《挺进报》工作，只几个月的时间，报纸就发行到1600多份，引起了敌人的极大恐慌。由于叛徒出卖，江姐不幸被捕，惨遭毒刑的残酷折磨，仍坚贞不屈。最后被特务秘密枪杀，年仅29岁。

《抗美援朝 保家卫国——志愿军的战斗故事》

抗美援朝战争是中国人民志愿军为援助朝鲜人民、保卫祖国安全，与美国为首的"联合国军"发生的战争。在朝鲜牺牲的志愿军烈士们，他们英勇的战斗事迹、保家卫国的精神值得我们发扬光大。

《上甘岭上壮烈歌——黄继光和他的战友们》

在1952年10月的上甘岭战役中，黄继光和他的战友们在零号阵地半山腰被敌机枪火力点压制，此时，黄继光身上已经多处负伤，手雷也已全部用光。为了完成任务，减少战友的伤亡，他用自己的胸膛堵住正在扫射的敌机枪射孔，为反击部队扫清了前进的道路。

《诗书印画　全入神品——国画大师齐白石》

　　齐白石出身贫寒，做过农活，当过木匠，后改学雕花木工，从民间画工入手，摹古人真迹，学诗文书法，融汇古今，而诗、书、印、画俱佳；他将中国画的精神与时代的精神统一得完美无瑕，使中国画得到国际的重视，无愧于"国画大师"的称号。

《毕生为文化而奋斗——中国第一出版家张元济》

　　张元济参与、主持和督导商务印书馆近六十年，使其从简单的印刷企业转变为当时中国教育出版的旗帜。张元济一生爱书，在中华大地动荡不安的年代里，他用自己对文化的热爱，续存着中华民族灿烂悠久的文明之光。

《独树一帜　梨园大师——著名京剧表演艺术家梅兰芳》

　　梅兰芳，京剧大师，演唱风格独树一帜，世称"梅派"。曾先后赴日本、美国、苏联演出，并荣获美国波摩那学院和南加州大学的荣誉文学博士学位。作为一位爱国者，抗战期间蓄须明志，拒绝为日本人演出，为后世称颂。

《华侨旗帜　民族光辉——爱国侨领陈嘉庚》

　　陈嘉庚是著名的爱国华侨领袖、企业家、教育家、慈善家、社会活动家。他为辛亥革命、民族教育、抗日战争、解放战争、新中国的建设做出了卓越的贡献。生前被毛泽东誉为"华侨旗帜、民族光辉"。

《向雷锋同志学习——伟大的共产主义战士雷锋》

　　雷锋，一个平凡而伟大的共产主义战士，一心向着党，一生秉承着全心全意为人民服务、无私奉献的崇高思想；发扬刻苦学习和钻研理论的"钉子"精神；坚持勤俭节约、艰苦奋斗的优良作风。毛泽东为其题词："向雷锋同志学习。"

《人民的好公仆——县委书记的好榜样焦裕禄》

　　焦裕禄，被誉为县委书记的好榜样。他用自己的革命精神，展开了与大自然、与社会落后现象、与病魔的多重抗争，让我们领略到一个共产党人的生之伟大、死之壮美的人格品质和具有现实教育意义的精神魅力。

《文学巨匠　京味大师——人民作家老舍》

老舍是我国现代小说家、文学家、戏剧家。他用融入骨髓的真诚文字反映生活的喜怒哀乐。老舍的一生，总是在忘我地工作，他是文艺界当之无愧的"劳动模范"，生前被北京市人民政府授予"人民艺术家"的称号。

《革命老人——无产阶级教育家徐特立》

徐特立是一代伟人毛泽东的老师。他出生在贫苦家庭，大部分时间生活在动荡艰苦的年代；他刻苦勤奋，不畏艰辛，追求光明，一生勤俭，为革命培养了大量的人才；他对党和人民任劳任怨，鞠躬尽瘁。他坎坷奋斗的一生，留下了许多可歌可泣的故事。

《人生能有几回搏——新中国第一个世界冠军容国团》

容国团先后担任中国乒乓球队运动员、女队主教练。获得1959年男子单打世界冠军；1961年夺得男子团体世界冠军；作为中国女队主教练，1965年率女队第一次夺得女子团体世界冠军。他的"人生能有几回搏"的豪言，举国传诵。

《石油工人一声吼　地球也要抖三抖——铁人王进喜》

王进喜，新中国第一批石油钻探工人。他为祖国石油工业的发展和社会主义建设立下了不朽的功勋，在创造了巨大物质财富的同时，还给我们留下了宝贵的精神财富——铁人精神。他被评为"百年中国十大人物"，写入中华民族的光辉史册。

《做人民需要我做的事——著名地质学家李四光》

李四光是一位伟大的科学家，他一生从事地质学研究工作，足迹遍布祖国的山川，为祖国探明了许多地下宝藏；他创建了崭新的学说——地质力学；他历尽重重困难，为正确认识地质构造开辟了一条新路。

《中国化学工业的先驱——著名化学家侯德榜》

为摆脱纯碱需要进口的窘况，20世纪初，怀着"实业救国"梦想的中国化工先驱侯德榜等人创办了永利碱厂，并立志生产出中国人自己的碱。1926年，永利碱厂终于成功地生产出"红三角"牌纯碱，从此中国制碱业得以跨入世界先进行列。

《毕生求是　一丝不苟——著名科学家竺可桢》

著名科学家竺可桢献身科学研究；治学严谨，一丝不苟；一生廉洁，两袖清风；作风民主，爱护学生。他以爱国之心、报国之志，从一个民主主义者逐渐成长为一个共产主义战士。

《热爱自然的大地之子——著名植物学家蔡希陶》

蔡希陶，五十载风雨，五十载坎坷，五十载奋斗，五十载开拓，为了发现对人类生产、生活有用的植物及新物种的引进而做出巨大贡献，在中国的植物资源学史上将永远镌刻着他的名字。

《高洁无私的襟怀——知识分子的楷模蒋筑英》

蒋筑英是中国当代知识分子的先锋典范，他不为名，不为利，尊重科学；他以坚忍的毅力和顽强的作风，在科学的道路上呕心沥血，鞠躬尽瘁，无私地奉献了青春和生命。

《迎接新生命的天使——卓越的妇产科专家林巧稚》

林巧稚是国内外享有盛誉的妇产科专家。在五十多年的医学教育和临床实践中，林巧稚亲自接生了五万多婴儿，治愈了数千病人，培养了数以百计的专门人才，为我国的妇女儿童事业做出了不可磨灭的贡献。

《独自成千古　悠然寄一丘——国画大师张大千》

张大千是20世纪中国画坛最具传奇色彩的国画大师，无论是绘画、书法、篆刻、诗词无所不通。在艺术界深得敬仰和追捧，艺术家们用真挚的感情，用绘画和雕塑展现了"张大千"多彩的艺术形象。

《建造中国的通天塔——著名数学家华罗庚》

中国当代著名数学家华罗庚，为中国数学的发展做出了无与伦比的贡献，他是中国解析数论、典型群、矩阵几何等多方面研究的创始人与开拓者，也是我国最早将数学理论研究与生产实践紧密结合的科学家。

《问鼎长天　强我国威——两弹元勋邓稼先》

邓稼先是我国著名科学家，参加组织和领导我国核武器的研究、设计工作，从对原子弹、氢弹原理的突破和试验成功及其武器化，到新的核武器的重大原理突破和研制试验，作出了重大贡献。是我国核武器理论研究工作的奠基者之一，被誉为"两弹元勋"。

《敢叫天堑变通途——桥梁专家茅以升》

中国著名的桥梁专家茅以升从小立志为祖国建造桥梁，经过不懈努力，他不仅设计建造了一座座宏伟壮观、坚固实用的道路桥梁，而且搭建了一座座友谊之桥，为祖国建设作出了卓越贡献。

《蘑菇云之梦——核物理学家钱三强》

被誉为"中国原子弹之父"的核物理学家钱三强，更名后立志于科技报国；24岁投师于世界著名核物理学家居里夫妇；与夫人何泽慧合作，发现铀的"三分裂""四分裂"现象；统领我国的原子大军，做了大量创造性工作。

《两离桑梓地　满怀雪域情——领导干部的楷模孔繁森》

孔繁森，是一位一尘不染、两袖清风的好干部。两次进藏工作，历时十载，为西藏的建设、发展和稳定作出了突出的贡献。1994年11月，孔繁森不幸以身殉职。人民群众称他为新时期领导干部的楷模。

《摘取数学皇冠上的明珠——著名数学家陈景润》

陈景润是享誉世界的数学家，为了证明"哥德巴赫猜想"，他以惊人的毅力在数学领域里艰苦跋涉，终于攻克了世界著名数学难题"哥德巴赫猜想"中的"1＋2"，创造了中国乃至世界数学史上的辉煌。

《学术独步 饮誉四海——享有国际威望的科学家卢嘉锡》

卢嘉锡是一位在国际科学界享有崇高威望的物理化学家、化学教育家和科技组织领导者。1945年，卢嘉锡满怀"科学救国"的热忱回到祖国，对中国原子簇化学的发展起了重要推动作用，他所指导的新技术晶体材料科学研究，也取得了重大成绩。

《德艺双馨 梨园楷模——著名豫剧表演艺术家常香玉》

常香玉1941年赴陕甘演出。1948年在西安创办香玉剧社。1951年为支援抗美援朝，率剧社巡回西北、中南、华南各地演出，以演出收入捐献"香玉剧社号"战斗机一架，素有"爱国艺人"之誉。

《文学大师 激流勇进——著名作家巴金》

本书以巴金生平和主要事迹为线索，回顾和展示现代著名作家巴金的一生，以期让人们看到巴金在这风云变幻的100多年中，有过成功的欢欣，有过屈辱的磨难，有过痛苦的忏悔，有过平静的安宁。巴金的人生，映照着一代中国五四知识分子坎坷而不平凡的命运。

《壮心系科学 孜孜为国昌——理论化学家唐敖庆》

本书讲述了唐敖庆从出国求学、学业有成、回国任教，到服从安排、艰苦工作、刻苦钻研，最终成为中国量子化学奠基者的过程。让人们看到了这位著名化学家的赤心爱国、严谨治学、大公无私的崇高品格和科研上的卓越成就。

《中国导弹之父——著名科学家钱学森》

当第一颗原子弹升空的时候，当中国的人造卫星奏响《东方红》的时候，当中国运载火箭腾空而起的时候，当中国研制的导弹准确命中目标的时候，人们都会想起他的名字：中国导弹之父钱学森。

《中国近代力学的奠基人——著名科学家钱伟长》

钱伟长曾以中文和历史两个100分的成绩考入清华大学。九一八事变后，钱伟长毅然放弃了文科的学习而转为理科。他是中国近代力学、应用数学的奠基人之一，在固体力学、流体力学以及航空航天领域，取得了卓越的成就，为新中国的现代化建设付出了毕生的精力。

《中国光学科学的奠基人——著名科学家王大珩》

王大珩是我国著名的科学家，中国光学科学的奠基人。他先在清华就读，后赴英国求学，学业有成，立志科学救国，其成就享誉神州。他以科学的求是精神和赤诚的爱国情怀，探索着中国光学发展的闪光之路。